此時眾生

蔣勳

序

畫布上的文筆

林文月

勤於奔走散播美學，以深入淺出的語言對社會大眾殷殷解說何謂風格，什麼是品味的蔣勳，有一本非常精巧的書。這本書共收五十篇散文，每篇約在千二百字左右，從二〇〇三年的五月開始，止於次年五月。剛剛一年，橫亙二十四節氣，周而復始的筆耕、成為這本《此時眾生》。

在台灣讀過中學的人，都有寫週記的經驗。所謂週記，往往是指青少年學子，每逢星期日晚上於做完各種功課後，邊打哈欠，邊提筆所記的一週流水帳而言；至於導師批改那些千篇一律的生活寫照，大概也是乏味至極的吧。然而，從〈桐花〉，而〈新橋〉，而〈回聲〉，而〈肉身〉，而〈吾廬〉，而〈史記〉，這五十篇的週記，竟可以寫得如此豐富多層次！蔣勳說：「我想記憶生活裡每一片時光，每一片色彩，每一段聲音，每種細微不可察覺的氣味。我想把它們一一摺疊起來，一一收存在記憶的角落。」

這些摺疊起來，收存在記憶角落的晨昏光影、花香葉色、林風潮響，乃至於蟲鳴蛙聲，遂藉由文字而好好地收藏起來了。許多的尋常往事，在記憶的角落裡安藏不露，好似已經不見了，或者被遺忘了；然而並沒有；有一天重讀，那些文字所代表的蟲聲、潮響、花葉，以及光影種種，又都回來了。文字使各種各樣的景象重現，使當初體驗那些景象的感動也重現；同時還讓閱讀那些文字的別人也感動。文字的力量如此。

蔣勳習畫，所以在他的文章裡，視覺畫境特別彰顯。〈看見〉文中，寫火車座中所看見的風景，以人體的肉身毛髮形容山巒原野。寫到視覺，他說並沒有絕對的黑，以十七世紀林布蘭特（Rembrandt）的畫為例：「初看都是黑；靜下來多看一分鐘，就多發現一道光。」〈回聲〉裡，寫窗台上看秋水中解纜的船：「越漂越遠，遠到變成一個小點，遠到最後看不見了。」「如果在黃公望的〈富春山居〉長卷裡，船只是空白裡的一條黑線……，一條船，不用退多遠，視覺上就只是一個黑點了。一座山需要退到多遠？一片秋水需要退到多遠？因為莊子，許多畫家從視覺的巧匠，慢慢過度成心靈視域的追求者；從得意於歡呼驚叫的技巧極限，一步一步，領悟到技巧的極限距離美的沉靜包容還很遙遠。」蔣勳把感官所及的風景，從西畫、國畫的表現方法，予以解析和比較。從肉眼觀象，到心眼體物，一枝文筆有如畫筆，將讀者逐漸導入哲理的美學境界。那些是「秋水時至」，是「不辨牛馬」，是「泛若不繫之舟」的意味。

五十篇散文，幾乎都書成於窗前。

擁有一個家，或者只是一個房間，在家鄉，或在此地彼地有一處熟悉的地方，有四壁將我們圍起來，框起來，令人感覺自己是屬於這個世界的，而又有一種從外界抽離的安全感。我讀這些文章時，也會有這樣子的感覺。或讀書，或工作，或靜思，或外，或出神。在家鄉，或在此地彼地，屬於、而又抽離於這個世界，大概是由於有窗子的關係吧。窗，使人感覺既聯繫而又隔離。作者原先可能在那隔離的一區寫文章，或者繪畫；偶一抬頭，便看到山光水色、寒林葉落、桐花如雪、鷺鷥雞鴨……，或許，竟因而推門出戶，走入景中，變成物象的一部分，與世界融合為一體；成為線、成為點、在畫面之中。

窗前書寫，自自然然。至於一年期間，定時千二百字左右的短文，用兩個字的齊一小題標示，或斷或續，隨興所至舒展開來：〈秋水〉、〈回聲〉、〈潮聲〉、〈品味〉、〈甜酸〉、〈風尚〉、〈布衣〉，這些篇章，分開來是獨立的散文，綴連起來卻又是綿延可以貫串的。

在目錄上，二字齊一的小題各篇最後，有一篇附錄的單字題目：〈雪——紀念母親〉。蔣勳很用心地寫這篇文章。寫下雪的季節，去V城探望病中的母親。寫雪，寫看雪的自己，和下雪天的一些記憶。窗外的雪，「富麗繁華，又樸素沉靜」地下著，屋內的燈全熄了，只留母親臥房裡床頭一盞燈幽微的光，反映在玻璃上。遠處街角也有一盞路燈，照著白白的雪景。「白，到了是空白。白，就彷彿不再是色彩，不再是實體的存在。白，變成一種心境，一種看盡繁華之後生命終極的領悟吧。」

我想，蔣勳可能是以留白的方式，來寫他最珍惜的一個記憶和思念的吧。

《此時眾生》，遂成為他送給母親，最具深義的禮物了。

願

蔣勳

我願是滿山的杜鵑
只為一次無憾的春天
我願是繁星
捨給一個夏天的夜晚
我願是千萬條江河
流向唯一的海洋
我願是那月
為你，再一次圓滿
如果你是島嶼

我願是環抱你的海洋
如果你張起了船帆
我便是輕輕吹動的海浪
如你遠行
我願是那路
準備了平坦
隨你去到遠方

當你走累了
我願是夜晚
是路旁的客棧
有乾淨的枕蓆

供你睡眠
眠中有夢
我就是你枕上的淚痕

我願是手臂
讓你依靠
雖然白髮蒼蒼
仍然是你腳邊的爐火
與你共話回憶的老年
你是笑
我是應和你的歌聲
你是淚

我是陪伴你的星光

當你埋葬土中
我願是依伴你的青草
你成灰，我便成塵
如果啊！如果——
如果你對此生還有眷戀
我就再許一願
與你結來世因緣

目錄

卷一

夏天

小滿

也許花朵落下或留在樹上，
是用不同的方式完成了自己。

桐花

旋子，我要和你說台灣五月的油桐花。我不知道在這個戰爭頻仍、疫病流傳的時刻，為甚麼想上山去看桐花。

以前看桐花多在苗栗、三義一帶台灣中部的山區。S說：不必跑那麼遠，台北近郊就有油桐。

S住在台北南端安坑的山坡上，隔幾日他打電話來說：後山的桐花已經開得燦爛極了。約好上山去看桐花的前一夜，沒想到下了一夜的大雨。

第二天清晨一早，陽光明晃晃照進室內。是個大好晴天，但仍心中忐忑，記掛夜裡的花是否被雨打去。

S說：還是來吧，桐花本來就是隨開隨落。

想到不久前發生的戰爭，數千年的文物在一夕間毀壞，那戰戰兢兢捧在手中的美麗物件，忽然化為齏粉，我們的悲嘆哀傷，我們對美逝去時的錐心之痛，還有存在的意義嗎？

桐花像雪，遠遠看去，一片山都白了。走進樹林，桐花樹有十幾尺高。花開在樹梢，仰著頭看，巴掌大的綠色葉子襯著一叢白色花束。花型不明顯，倒是樹隙花葉間灑落一片陽光，陽光裡紛紛馥馥一片落花，像極了雪在空中迴旋。又像千千萬萬白色蝴蝶，漫天飛舞；在空中升升沉沉，聚散離合。又紛紛飄下墜落，墜落在仰看者的臉上，頭上，身上。墜落在地面，鋪滿一地，連林間小路上也都是雪白落花。走過的人不忍踩踏，又欣喜又為難地踟躕徘徊。

「我怎麼辦啊？」

一個孩子急得跳腳，旁邊聽的人都笑了。

我們還有對花被踩踏的不忍嗎？

不知道為甚麼想起戰爭中一個孩子，截斷了手臂，轉動著像花朵盛放一樣明亮的眼睛，有一點惶懼驚恐地看著人間，疑惑地訊問炮火中父母是否無恙。

沒有人回答他的問題。

旁邊的人背轉身去，忍住淚水。他不知道要如何告訴這個孩子，戰爭的真實情形；他不確定該不該讓孩子知道，外面的世界已經多麼殘破混亂。

我們還應該相信甚麼嗎？在這戰爭病疫蔓延流傳的年代。

桐花像雪，撲天鋪地，漫無邊際地飛舞。我把花接在手掌上，細看花的形狀。

桐花五瓣，白而透明。花蕊很細，中心深處一點淺紅，是為了使蜂蝶容易辨識，前來傳播花粉的吧！

S說：落下的都是雄花，雌花留在樹上，要結成果實。

雌花要結成果實，強韌地留在枝頭上；雄花交配完成，紛紛墜落。生命已經完成，離枝離葉，其實並不哀傷。

我手中拈著一朵落花，五片花瓣，被一個綠色小小的蒂承接著。也許花朵落下或留在樹上，是用不同的方式完成了自己，我們所知有限，常常徒自驚恐哀傷。

今年二月，我在母親臨終的床前，讀懂了《金剛經》的「無我相，無人相，無眾生相，無壽者相」的句子，知道驚恐哀傷，只是自己執迷。

我想回復成孩子，在鋪滿花的林子裡，單純只是欣喜或憂傷，無思無想。

旋子，你還記得童年初次被滿樹盛放的桐花驚嚇住的情景嗎？

從那個時刻開始，你有了欣喜，也有了憂傷。
我們要一生懷著這欣喜與憂傷，走過通向美的漫長途徑。

——二〇〇三年五月二十六日

月桃開花纍纍，整串花蕾向下彎垂，彷彿承擔不了如此盛放的重量。

月桃

安坑的後山，可以從新店上去。沿著落滿桐花的小徑走，到了高處，可以眺望整個台北盆地；看到一條長長的新店溪匯流成淡水河，看到遠遠的關渡、八里一帶的河口，浩浩蕩蕩。

「晴朗的日子，可以看得更遠。」S說。

很久沒有在這樣的高度看自己居住的地方。因為距離遠，人為的建築物顯得很小。車道縱橫，密聚的房舍，看起來都像玩具。因為遠，人與人彼此擠壓的不快樂，也不明顯。走到高一點，還可以感覺到山脈起伏，感覺到河流蜿蜒而去，感覺到日光和雲的影子在城市的上空緩緩移動。

旋子，很久沒有聽到山風吹起來的松濤，嘩嘩在我耳邊迴響。

我平日究竟在聽甚麼？我還聽得見松間的風聲嗎？

我平日究竟在看甚麼？我多久沒有來山裡看五月漫天飛舞的油桐花？我多久忘了走來這山路？登山的人一步一步走出來的林間小路，曲曲折折，高高低低，可以一直翻過山頭，下到土城。原來以為新店和土城距離很遠，卻只是山頭的兩邊。在交界的高處，指一指這邊說：是新店。指一指那邊說：是土城。天寬地闊，心中無掛礙，可以這樣指點江山。山路旁的樹枝上纏結著一些黃色的布條，是登山的人做的標誌。標明位置，指引方向，註明到下一個目的地的里程。山路一級一級的石階修繕得很好，石階兩旁栽種了孤挺花；喇叭型的紅色花朵從一枝挺直的莖幹上端向四邊綻放。孤挺花是庭院的花，這樣沿路栽種，似乎是有人特別用心栽培，也使荒野的風景多了一點人間的氣息。

我更喜歡月桃。因為是山野原生的品種吧，嫵媚潑辣中帶著誘惑人的野氣。狹長油綠的葉子，有一點像薑花，卻更蕪雜率性。民間常用月桃的葉子包粽子，也用來襯墊在新蒸好的米粿下面；米穀的香氣中就滲透著葉子一整個夏日陽光雨水的辛辣芬芳。

月桃的花，磁白色，一枝花莖上結了幾十朵花苞。每一朵花苞尖端一點點紅，紅得觸目心驚，紅得像民間喜慶的顏色。白色的花常以香氣誘引蜂蝶，月桃的香味足夠濃郁，卻在花瓣尖端還要標記醒目的紅，好讓昆蟲更準確辨認。

旋子，生命存在的目的這麼單純。生命華麗或悽傷，也只是繞著這麼單純的目的打轉而已。

月桃開花纍纍，整串花蕾向下彎垂，彷彿承擔不了如此盛放的重量。我走近細看，盛放的花蕾瓣膜上還滲沁著透明的黏稠液體。慾望如此真實，慾望活著，慾望交配，慾望傳延生命；我們稱為「愛」或「倫理」的命題，也許在植物或動物、昆蟲的世界會呈顯出更單純的本質。

月桃是俗豔之花，她顯露出太直接的慾望本質。很少人把月桃插在瓶子裡，做裝飾或供養。不經修飾的慾望也許使人害怕，月桃的俗艷喜氣是適合開在荒野的，也適合做民間喜慶的食物，沾帶飽含著大地日月山河的活潑。

等夕陽落了山，最後一點赭紅的光在林隙漸漸退去。天色暗到不辨路面，只有月桃潔淨皎白，仍在風中靜靜搖擺。

——二〇〇三年六月二日

我們心中是否還有一點閃亮的螢火，可以傳遞最幽微的心事？

螢火

坐在山坳處的一個湖邊用晚餐。入夜以後，湖面上襲來涼爽的晚風。季節才入初夏，南方的島嶼，白日溽濕躁熱。難得這湖畔清風，把雜亂煩慮吹得乾淨。好像鏡面的湖水，一片空明，映照出四周山丘的輪廓。初月升起，水中山上都是月亮的光華。

旋子，因為疫病的流行，城市裡的居民非常恐慌。疫病是突然爆發的，迅速蔓延開來。病毒不知道在哪裡，對抗病毒的藥品還在研發，死亡的病例逐日增加。每一個人都恐慌被感染，懷疑身邊的人帶有病毒，不知道自己會不會是下一個被病毒侵害的人。

旋子，我想到佛經裡常說的「無明」，不知道是不是一種無以名之的恐懼。恐懼常常並不需要原因。事實上，人從出生開始，就注定了趨向死亡。人誕生在一個包含了「死亡」在內的現象裡。

我們恐懼死亡嗎？死亡的恐懼也就是一種「無明」吧。我們恐懼，只是因為所知有限。

如果在湖邊多坐一會兒，因為月光和山風，因為草叢裡飛起來的螢火，我可以有多一點片刻心境的澄明吧；然而，我也掛念山下的疫病和恐慌，我也掛念生死，我也仍在「無明」中啊！

螢火遠遠近近，高高低低，疏疏落落，在闃暗的山谷裡閃閃爍爍。

螢火閃爍的頻率很像手機上訊號的光，帶一點微綠，在沉寂的黑暗裡一閃一閃。間隔幾秒鐘的停頓，好像尋找，好像等待，好像浩大宇宙裡一點幽微心事的傳遞。

在無明的恐懼裡，我們還有尋找與等待的盼望嗎？在死亡密不透風的巨大黑網裡，我們心中是否還有一點閃亮的螢火，可以傳遞最幽微的心事？可以度過闃暗無明的恐懼時刻？

J說：螢火蟲是鞘翅科的昆蟲，和金龜子同一類。螢火蟲發亮是雌雄求偶，尋找頻率相近的伴侶。

我笑了，覺得J的解釋有一種年輕的俏皮，不像科學，不像在說明昆蟲生態，倒像是調笑人類的行為。

也許，人類本來就離昆蟲不遠吧。我們的愛恨，我們的慾望，我們生存的意志，我們死亡的恐懼，都還依循著生物世界本能的規則。

我們還有更多一點「人」的意義與價值的渴望嗎？

旋子，J是學美術的青年，他在筆記上圖繪了螢火蟲雌雄不同的樣貌。雌的身體有一段段節肢，看起來像古代宮廷女子繁複的裙子。

美術，如果直譯為「美的技術」，這技術要用來做甚麼呢？我想問J，但是他專心觀察螢火蟲，專心素描和記錄，見到許多兒童拿著手電筒上山，他又專心一一叮嚀：「關了手電筒好嗎？會妨礙螢火蟲的繁殖。」

兒童們聽話，都關了手電筒，螢火即刻像滿天繁星一樣閃亮起來。黑暗裡聽到孩子「哇」地一聲，充滿歡悅讚嘆。

旋子，我沒有再追問甚麼。暗夜裡走下山去，點點螢火一路相伴，呼應著遠處山下人家燈火。

天上的星辰，或是人間的燈光，都曾經是人類在曠古悠長黑暗裡希望的記憶；即使微弱如螢火，也似乎暫時解脫了我們「無明」的恐懼。

——二〇〇三年六月九日

即使是盛暑夏日，走在相思樹林下，也不覺得陽光刺目燥烈。

相思

相思木還是這一帶丘陵最常見的樹木。枝幹修長向上升起，線條乾淨優美。細如柳葉的葉片，一叢一叢，稀稀疏疏，像薄薄平面鋪開的羽扇，在微微的風裡靜靜上下浮沉。初夏的陽光經過篩濾，在葉隙間搖曳成黃金色的光，緩緩從上向下灑落。

即使是盛暑夏日，走在相思樹林下，也不覺得陽光刺目燥烈。細細的葉片像一張一張天然的傘蓋，緩和了炙熱，也使太過強烈的日光變得柔和。走山路的人就在相思樹林間來來往往，走出了一條一條幽靜的小路。

貪看林間樹梢陽光迷離晃漾，山路高高低低曲折迂迴。不急著趕路，不急著到哪裡去，林間的過客一路走，一路嗅聞到一陣一陣撲面而來的幽香。幽香裡帶一點點的甘甜，不像花香濃郁，淡淡地在風中飄散，若有若無，不時襲來，認真去找，卻又杳無蹤跡。

古早台灣民間多採相思木做燃料，也用來製炭，取其煙少味香的好處吧。小兒手臂粗的黑色炭條，長約三十公分一段，一捆一捆，紮得結結實實，堆放在灶房簷下，煮飯時就抽幾條丟入爐灶內生火。火苗燃燒，上下竄動，相思木劈里啪啦爆裂作響，遠遠一條街巷都彌漫著相思木濃濃的炭香。

相思木製炭，被烈火逼出的香味濃郁甜稠，停留在童年的記憶裡，好像不甘心褪淡；好像即使在烈火中盡將成灰，仍然要在空中堅持留一段魂魄，如何也不肯散去。

也許還是這風中漸行漸遠的林間小徑更宜於徘徊。旋子，我想我遺忘了甚麼，相思木的幽香在風中淡淡飄散逝去，沒有烈火逼迫，是不是遺忘比記憶更好？

我記得這一個初夏的午後。我記得白色桐花如雪，陸續墜落。我記得月桃濃膩的氣味，招蜂引蝶。我記得入夜的螢火，如山中繁星閃爍。

我想記憶S說過的話語，我想記憶J年輕愉悅的容顏，我想記憶林間的風聲，我想記憶每一片葉脈上流動的光，我想記憶草叢裡聒噪的蛙聲蟲鳴……。

旋子，我想記憶生活裡每一片時光，每一片色彩，每一段聲音，每種細微不可察覺的氣味。我想把它們一一摺疊起來，一一收存在記憶的角落。

有一天你說：一個學習藝術的青年是不是要收存所有「美」的記憶？

我想你不是在問我，你只是在自問自答，我當然笑而不語，等候你自己的結論。

我知道自己對「美」貪婪，無藥可救。但是我有多大的記憶的容量，可以收存這世間浩大的一切？

我走下山的時候，城市裡的居民仍然焦慮驚慌，疫病災難都離得不遠。災難並沒有使人靠近，彼此辱罵仇恨，貪嗔癡愛，彷彿烈火煎熬。

旋子，你或許會在街頭看到我頹然獨自佇立。

五月過後，今年特別晚開的相思木的花，茸茸黃黃，滿山遍野，散成細細的飛絮。在下山之後許久，穿行在城市的大街小巷，相思木若有若無的幽香仍然久久縈繞不去，才發現髮上身上沾滿了細細的黃色飛絮。

它們無意隨我來到人間，只是我自己掛念，當成一種緣分，可以記憶，也可以遺忘。

——二〇〇三年六月二十三日

讓自己在滿山紅豔前發呆，
讓自己辭窮，讓自己畫不出一筆。

棲霞

上一個秋天，一位居住在北方城市的朋友，迫不及待地要告訴我整片山林樹葉變紅的景象。他在信裡描述形容多次，最後還是不滿意。不巧他正好是學漢語文學的，美景當前，自己卻如此辭窮，難免有些沮喪吧。沮喪過後又有點負氣，他就傳信來說：「你自己來看吧！」

他居住的那個城市我是去過的。大江環繞，古城門高聳雄偉，使我想起許多故事。只是我去的時候是夏天，沒有遇到他讚嘆的層林盡染的秋景。一日隨興亂走，無意間到了城郊，看到農家田地裡兀立著幾尊高大石雕辟邪，像獅子，又像飛馬，昂首闊步，向著蒼茫雲天。我當然認出是一千五百年前南朝蕭梁王朝皇陵舊物，不知為甚麼心中酸楚。一陣灰煙捲過，是農民在辟邪旁用瓦灶小鍋煮炊。魚乾豆豉，辛辣鹹苦，熱騰騰氣味撲來，遠近呼叫開飯，現世一片歡喜，其實沒有甚麼故事滄桑。

我離開的時候夕陽滿天，同行的人指著瞬息萬變的霞彩，告訴我說：「附近有山名叫『棲霞』，山中有寺廟，也叫『棲霞』。」

「棲霞」或許並不專指夕陽彩霞，許多文學裡的「棲霞」更多是有關秋林經霜染成紅，絢爛變幻，令人心醉的記憶。

旋子，我很同情那個努力搜索字句要形容美景最終卻陷於沮喪的朋友。我答應他：下一次會選一個秋天去看一看「棲霞」。

我可以想像無邊無際的林木，幾日裡，颯颯秋風走過，顫動飛揚起千千萬萬張葉片。整片山林，從靛綠變青、變橙、變黃，變紫褐，變絳赭，變成一片糾纏的金赤豔紅；一片迷離，一片光的閃爍明滅，如琉璃琥珀，如霞彩瞬息萬變，層層疊疊，交錯搖曳，變成難以捉摸難以形容的光與色彩的重疊變幻……。

旋子，我們都無言以對，不是嗎？我們或者沮喪，或者無奈，或者毫無緣由熱淚盈眶，只是因為剎那間心裡甚麼久未開啟的地方忽然被觸動了。我們剎那間懂了甚麼，卻說不清楚。我們同時看到了生與死，看到了盛旺與凋零，看到了繁華與幻滅，看到了洪荒到劫毀，看到了終始因果，如此就在眼前。

「美」如此來臨，我們心中悸動，卻無以名狀。

旋子，如果秋天在「棲霞」，你想，我會比那位學漢語文學的朋友找到更多形容色彩的辭彙字句嗎？如果秋天在「棲霞」，我們帶去寫生的顏料可以足夠描繪渲染樹葉被霜染以後富麗燦爛的層次嗎？

或者，我們也一樣，只是沮喪站立，無言以對。

「美」使我們沉默，「美」使我們謙卑，「美」使我們知道生命同時存在的辛苦與甘甜，艱難與莊嚴。通過「美」，我們再一次誕生，也再一次死亡。

下一個秋天，我們約定向深山走去吧。讓自己在滿山紅豔前發呆，讓自己辭窮，讓自己畫不出一筆，讓自己沮喪頹唐，但是，也讓自己領悟：我們看到的，其實不是色彩與光的變化，我們是在一彈指頃，看到了千千萬萬生死變滅，剎那間我們聽到了洪荒以來自己每一次重來與離去的哭聲。

旋子，當千千萬萬枯葉從萬山中飛起，當所有比美繁花、比美霞彩的顏色全都一一褪去，瑟瑟颯颯，漫天飛舞如春日蝴蝶的枯葉，在已經寒涼空寂的山裡靜靜迴旋。山路上仍然有最後一個走向秋山的人，不想寫詩，不想畫畫，他對著萬山長嘯，聽到山鳴谷應，都是回聲，不禁喜極而泣。

——二〇〇三年六月三十日

到了峰巒的高處，
雨恰好也停了。

大雨

夏至前一天，我從居住的城市出發，往南出城後轉東，經過一段彎曲迂迴盤旋上坡的山道，翻越大山連綿不斷的峰巒之後，可以從層層下降的山路上眺望遠處一片平坦開闊的翠綠田疇，如果天氣晴朗，可以一直眺望到海，可以看到浮在海上遠看如龜背、凸起於碧波之間的小島。

旋子，我們預計在傍晚時分抵達島嶼東北平原上一個以溫泉著名的市鎮，寄宿一夜，第二天清晨繞過東北角的險峻斷崖，驅車到東部的海濱。

沒想到出發時天色忽然變暗，原來豔藍明亮的天空飛來烏黑的雲團。遠方滾動炸開低沉的雷聲，好像長久被積鬱壓抑的憤怒委屈，滿溢到了要翻騰激盪，在大氣間左衝右突，尋找宣洩爆發的出口。夏日午後熱帶島嶼雷陣雨前鬱悶潮濕、飽含水分的空氣，像一塊沉甸甸、濕答答、黏膩的布，緊緊貼在皮膚上。

車子在山路上行駛。烏雲大片遮蔽了天空，光線迅速暗下來。山壁上倒懸垂掛的蕨類植物的莖葉在風中驚慌顫抖旋轉。窒悶的沉靜裡聽見大點雨滴答答打在車篷上。開始是點滴響脆疏疏落落的單音，逐漸由疏而密、由緩而急、像點點的馬蹄聲由遠而近，噠噠噠噠，越來越快，最後連成一片，大雨傾注而下，瀑布一樣銀白色的重重雨幕遮蔽了視線，雨刷急速左右搖動，雨珠在車窗玻璃上飛濺四散，長久積抑的鬱悶似乎終於可以盡情放聲嚎啕大哭。

雨勢太大，山邊坡坎混凝土護牆裡裝置的排水管水流噴射而出，像千萬條水槍。山谷窪地頃刻都變成急湍，排水溝漲滿溢出，路面也都成了水道，車行水上，耳中都是大水重重拍打撞擊車頂的聲音。「這種雨不會下太久。」B一面開車一面說。他或者在安慰我，或者在安慰自己吧。

我們原來沒有預期會下雨，氣象報告也說連續幾天都是晴天。

但是下雨或許沒有甚麼不好。在一條漫長的道路上，前面會有甚麼事情發生，我們並不知道。預期只是主觀的假設而已，假設如果一一實現，我們得意忘形，假設也就變成了執著。有了執著，預期一旦落空，就要失望痛苦。其實，一條路走下去，因為處處可能都不盡如預期，也就處處充滿了繼續走下去的無限好奇與探險的快樂吧。

到了峰巒的高處，雨恰好也停了。

許多人把車子停靠在路邊，下了車，抬頭看雨斂雲收之後一碧如洗的晴空，眺望重重山路下面連綿不斷的平原，眺望雨後新綠閃亮的稻田連接著沐浴在明晃晃陽光裡的湛藍大海，下車的人伸展腰骨四肢，轉動頸脖，有人微笑，有人跳躍歡呼。

旋子，我沒有預期甚麼，或者，我只是預期一次單純的出走吧。

我預期陽光，結果聽到了大雨滂沱。我預期晴日開朗，卻看到了最低鬱苦悶的嚎啕。我預期走在平坦順暢的康莊大道上嗎？卻為何偏偏走來這曲折迂迴、盤旋險阻、隨時要警惕落石與絕壁的山路。

車子在斜緩的山路上蜿蜒而下，遠遠長長的風從車窗吹進來。整座山滿是流水的聲音，嘩嘩啦啦，淅淅瀝瀝，錚錚琮琮，點點滴滴……。從來沒有想到，大雨過後，山裡瀑飛泉流，灘湍潺湲，水聲如歌，一路同行，是如此富裕喜悅。

——二〇〇三年七月七日

聽覺過後，暗夜裡視覺其實也非常清楚，可以辨認極幽微的光。

溪澗

以溫泉著名的G鎮其實是頗令人失望的。

我們抵達的時候已經入夜，G鎮就在山腳下，天色暗得特別早，遠遠看到一座座矗立的大山峰巒雄踞在市鎮上方，可以想見這個市鎮環境未被破壞以前得天獨厚的景觀之美和自然資源的富裕。

目前的G鎮，小小範圍內幾條主要街道，幾乎全部被招徠觀光客的醜怪商業旅館霸占。旅館像一頭頭巨大的怪獸，吞噬了整個小鎮。粗俗不堪的招牌，粗俗不堪的設計，到處配置俗豔的霓虹燈，令人眼花撩亂。

溫泉這一項自然資源使小鎮繁榮起來，外地遊客來此渡假休閒，來此消費。要在短時間急迫牟獲暴利的貪婪慾望，主導在政客、財團、黑道惡勢力手中，單純的自然資源被包裝成狂歡縱慾的大吃大喝，被包裝成最廉價的性慾感官的販賣。

當最低等的感官慾望不斷被刺激，小鎮單純的溫泉資源已被汙染。在幾條主要街道上瀏覽，粗俗豪華的看板上兜售強調的大多與溫泉無關，只是極力想盡辦法引誘挑逗人的本能慾望。

政客財團如此煽動人的低等感官以謀取權力財富，這個島嶼其實是沒有文化可言的，G鎮也只是島嶼上陸續敗壞沉淪令人心痛的例子之一而已吧。

在鎮上繞了幾圈，竟找不到可以落腳的處所。我和B面面相覷，不知道要不要堅持繼續找下去，或者就此放棄，向低劣粗俗的生活妥協投降。

「往山裡走走看吧！」看到幾座大山蹲伏在暗影中，我似乎仍不死心，相信自然中總有淨土。

離開市鎮，車子轉進山區的小路，兩旁沒有路燈，大雨後山裡撲來一陣一陣草和樹木的清新氣味。沒有多久，聽到靜夜蟲鳴間奏裡響起轟轟的水聲。原來山路已緊挨溪澗，大雨之後，溪水暴漲，急湍在巨岩卵石間沖激騰躍，嘩啦啦一片響聲。

不到五分鐘，市鎮俗惡的喧囂就一洗而清了。彎曲小路、草蟲鳴叫、潺湲水聲，下車以後抬頭看見滿天繁星，闃暗聳峻大山邊有簡單民宿房舍，緊靠溪澗，我們相視而笑，知道是可以投宿歇息的地方了。

民宿建築談不上精緻，混凝土鋼筋的簡陋三層樓房。沒有遊客，幾名婦人閑坐在大廳看電視，招呼我們看了房間，開窗眼前就是大山溪澗，被褥也都乾淨樸素，四壁沒有花花俏俏讓人頭暈的東西。

旋子，簡單是不是美最基本的素質？

我居住的島嶼在很短的時間暴發富有起來，大量物質消費湧入生活，人們的慾望被刺激，失去了選擇與判斷的耐心，貪婪淹沒了素樸的信仰，正如同老子在兩千年前的告誡：「五色令人目盲，五音令人耳聾，五味令人口爽，馳騁田獵，令人心發狂」，目盲、耳聾、口爽，所有的感官被不斷刺激到麻木的地步，只剩下永遠無法滿足的心，為填塞不完的慾望瘋狂地活躍著。

婦人邀請我們同看電視，我們婉拒了，B說：想去溪邊走走。

戶外山高水長，沿溪走去，一路水聲盈耳。完全沒有燈的山谷，卻有意想不到的天光。乳白色的雲，一團一團在高高的山巔上方緩緩運動。雲團讓出空隙，暗黑的天幕上就閃爍起點點明亮的星辰。溪澗裡水聲嘩嘩，間雜著天光、水光花花地晃漾流動。聽覺過後，暗夜裡視覺其實也非常清楚，可以辨認極幽微的光；撞擊在岩塊上迸濺起來每一滴水珠瑩潤、閃亮、瞬間消失的光，淺灘浮沫上游移、徘徊、緩慢迴旋的光，石隙間一綹一綹、像指間髮絲一樣、不斷逝去的光，深澗裡澎湃、洶湧、彷彿熱淚盈眶激盪洋溢的光……。

這條溪澗搖搖盪盪，穿過市鎮，一路奔向大海。旋子，我隱約看到溪澗在遠遠的出海口仍然反映出一片清冷靜定、浩大而又飽滿的光。

旋子，這一夜我在水聲與水光相伴裡入睡。

——二〇〇三年七月十四日

一條瀑布從數十公尺高的懸崖垂掛下來，
好像可以聽到水的歡呼踴躍。

瀑布

早上走到溪澗旁看水，婦人們早起，已三三兩兩面對山壁做體操。看不出她們做哪一種運動，脫了鞋，赤腳踩在草地上，轉頭、轉腰、扭屁股，有時候亂叫幾聲，像馬一樣奔跑起來。跑了幾圈，回到原地，馬步半蹲，雙手合十，面對一株盛放紫紅花朵的羊蹄甲，凝神肅穆，調整呼吸，好像在參拜莊嚴的神佛。

昨天一場大雨，雨水此刻都在溪澗裡，我看水無事，就問婦人：練甚麼功？「亂做的啦。」她一面甩手一面回答：「山裡沒有老師教，隨意做，反正大山裡花花草草、泥土、石頭都有氣，怎麼做都好。」

婦人告訴我們沿溪向上走兩百公尺有游泳池，再向上走幾分鐘就是著名的五峰旗瀑布。坐在溪澗中流大岩石上，用完麵包清水早餐，依婦人指示，沿溪上溯。正疑惑山裡怎麼會有游泳池，遠遠果然幾名早起鄉民，已脫去外衣長褲，向水中縱跳。

婦人說的游泳池其實不是游泳池，是溪澗攔腰修建的三層堤壩。溪澗陡急水勢被堤壩容納緩和，形成三個比標準游泳池還大一點的長方形蓄水庫。溪水流動清澈，水勢豐沛，映照藍天，水汪汪像三塊晶瑩碧玉。雖然堤壩上有一公尺見方四個紅漆醒目大字：「嚴禁游泳」，穿著內褲的鄉民和光屁股小孩還是不顧禁忌，歡樂泅泳戲水其中。

我攜帶了泳褲泳帽蛙鏡防曬乳液，可是「嚴禁游泳」四個字對我發生了禁止的作用。就像我們練功總要遵循法則，也許有時會羨慕婦人可以像馬一樣充滿自信亂跑亂叫一通吧。清初畫家石濤在一個心靈呆滯、到處都是框框的時代，大膽叫出「我自有我法」，他說：「縱使筆不筆，墨不墨，畫不畫，自有我在。」

旋子，學習美術，從一絲不苟的基本訓練，有一天要走向擺脫一切規則，有一天要走向無法無天，有一天，也許經過多少艱難之後，才會領悟：「美」，只是回來找到自己。

「不能游泳，就繼續溯溪去看瀑布吧。」B說。

溪澗的源頭就在瀑布，從蓄水堤壩的地方一轉就是登山的入口。因為是清晨，除了疏疏落落幾個叫賣山產的商家，沒有甚麼遊客。

石頭鋪的台階越走越窄，從平緩逐漸陡峻升高。一旁的溪澗也隨地勢變化，在陡急的溪谷裡竄流奔騰。有時從垂直的峭壁上一瀉而下，碎散成千千萬萬水花，如珠如玉，一粒粒停在空中迴旋，像漫天的飛雪；有時急湍流入巨石包圍的深窪谷地，大水流動迴旋緩和，形成深潭，潭水澄靜深邃，我們憑欄觀看，可以看見自己倒影在漣漪天光裡晃漾。

沿著台階攀升，越到高處，越是水聲轟轟。手抓著欄杆，覺得地動山搖，滿面撲來都是細如霧的飛沫。抬頭看去，一條瀑布從數十公尺高的懸崖垂掛下來，好像可以聽到水的歡呼踴躍。

「不是昨天一場那樣大的雨，今天瀑布不會這麼壯觀。」旁邊接管收集礦泉水的工人告訴我。

攀爬到最高一層瀑布，氣喘吁吁，停在梯階上，抬頭仰望，近百公尺高度，一片大水，珠玉飛濺，山風吹動飛沫，像輕紗薄霧飛揚，在空中游移漫漶。清晨日光一線一線穿透水間，不同層次的晶瑩透明，交疊迷離，我心裡想：這是昨天的雨，卻在此地相見了。

——二〇〇三年七月二十一日

魚肆裡的氣味，混雜著鹹和腥，混雜著生的辛辣和死亡的沉苦。

魚肆

島嶼東北邊漢族移民遷入比較晚，農業土地的開發看起來很完整。綠油油齊齊整整的水稻田，一片一片，墾殖在大山和大海之間，方方正正，平平坦坦，有一種土地的安穩。大山上的居民依靠山林狩獵、畜牧養殖，沉默篤定地走在山路上。大海沿岸則依靠漁業形成一連串小小的漁港市鎮。

當地的居民習慣把市鎮叫「澳」。「澳」就是海岸凹入的峽灣吧，可以駛船入港，可以停泊船隻，可以避風，可以卸貨，久而久之，「澳」也就形成一串沿海的漁港市鎮。出海和歸來的船隻裝卸捕撈魚獲，進出港灣。忙碌的季節，船隻擁擠的港灣裡，吆喝聲此起彼落。魚隻大簍大簍從船舷卸下，鮮活生猛蝦蟹，蹦跳竄逃。碼頭上蒸騰著歡笑吵嚷，順著海風，大海帶來濃重鹹腥氣味。

面對大海的人民充滿了幻想，大海驚濤駭浪，危機重重，可以使人粉身碎骨，大海也充滿了挑戰、冒險、征服的快樂，使生命不斷衝上狂喜的巔峰。

相對而言，從事農業墾殖的人民，世世代代生活在土地上，期待風調雨順，習慣季節的秩序，比較安分，也比較保守。

車子穿越過大片稻田，從大山聳峙的山腳，一路向東，來到海濱。

一個一個以「澳」命名的漁港市鎮，恰好位於新開發的觀光路線上，傳統販賣魚蝦的市場改變成集體經營的魚市。

魚市陳列各式魚種，蚌蛤、蝦蟹、牡蠣、螺蜆，初夏豔陽，好像逼出這些大海屍體肉身最後濃烈的氣味，氣味像一種看不見的有毒物體，無所不在地蔓延，蔓延在空中，蔓延在我體內。

氣味是不是肉體存在最後的證明？

夏日大海屍體的氣味使人亢奮，氣味裡有一種不甘心，好像是強烈的慾望，慾望活著，甚至慾望在死亡之後還要堅持活著。

那些擺列鋪排在冰塊上瞪大眼睛的魚屍已經死去，任憑人們拍打切割，任憑人們翻開牠們的鰓，戳刺牠們的肉體，牠們張嘴吐舌，沒有反應，不再掙扎。

但是牠們確實仍然在氣味裡活著。

在魚市收攤之後，我走進空空的市集。魚販都已離去，所有的魚蝦都已收拾乾淨。悶熱鬱燠的市集裡，空無一物，甚麼都沒有，我卻被嗆鼻的鹹腥氣味逼到難以呼吸。地面用水沖洗過，清理刷洗過後的檯桌也不留一點血跡，甚至找不到一片透明的鱗片。

旋子，我不知道自己究竟在尋找甚麼？

我們都對存在過後的消失不甘心嗎？

魚肆裡的氣味，混雜著鹹和腥，混雜著生的辛辣和死亡的沉苦，混雜著慾望和腐爛，混雜著存在和消失。令人窒息的氣味，令人作嘔，卻也刺激著感官，使人沒有理由地亢奮起來。

我不知道為何在這其實是屠場的魚肆徘徊不去？旋子，我想拿起筆來畫些甚麼，但是，如果要畫，我不想畫一條死去的魚。我想畫出那種氣味，畫出堅持在空氣中不肯散去的氣味。那氣味四處彌漫，鑽進鼻孔，扒在皮膚上，如此糾纏，如此濃烈。那氣味固執不去，證明肉體真實存在過，不會消失，也不會消失。

我看見碼頭上被遺忘的一條魚，在烈日下曝曬，身上嗡集著一堆蒼蠅，發出了腐爛臭味，但是，牠似乎頭腦裡卻還有一個美麗的夢，要努力游回大海。

——二〇〇三年七月二十八日

從人群中出走，走向山，走向海，
走向久違了的自己。

月升

從島嶼東北端漁港一路往東海岸走，開始是低平的海岸線，之後車道逐漸攀升，向上看，一邊是壁立千仞垂直不見頂端的絕壁，路旁有工人正在隨時清理落石滾木；另一邊向下看，令人頭暈目眩，是看不到底的斷崖，連接著一碧萬頃的大海。

車道開鑿在斷崖絕壁上，有時是在山壁阻絕、無路可通的地方炸出隧道。這條道路的修建，從設計到施工，充滿重重困難，完成之後，又時時需要維修，工程的費心費力，可以想見。

新拓寬的車道外側，還保留著舊的山路。許多段路基都已傾頹，成為可以供人徘徊觀景的步道。停了車，行走在舊路上，可以觀看絕佳的風景。背靠絕壁，面向一片無邊無際的藍色汪洋大海，眼前沒有任何阻擋，海闊天空，長風幾萬里吹來。生命可以這樣飛揚跋扈，生命可以這樣孤獨，又這樣自負。佇足在山高水長的險峰之上，任何人都忍不住，要向著大山大海大叫幾聲吧。

從人群中出走，走向山，走向海，走向久違了的自己。

我忽然想起來，一個長達一千年的美術史，所有畫裡的讀書人都在走向山水。

他們衣袖飄飄，披髮佯狂，敝履跣足，走向一座一座人跡不到的高山險峰。

他們走向深山大澤，走向溪澗湍流，走到水的窮絕之處，盤坐在巨石上，看雲冉冉升起，看水勢奔騰迴旋蜿蜒而去，都在腳下。

他們抬頭仰觀山間飛瀑，聽轟轟水聲，看雲嵐風煙變滅。

他們在「千山鳥飛絕，萬徑人蹤滅」的孤絕之處，長嘯高歌，聽自己的哭聲笑聲在空山裡迴響。

他們靜坐松下，閉目凝神，聆聽樹隙間颯颯遠去的秋風。

旋子，我們或許已不容易懂得那樣的孤獨了。

那種「獨與天地精神往來」的自負，那種舉杯邀明月的孤獨，那種在最孤獨與自負時可以只與自己影子對話的堅持。

不會孤獨過，不會讀懂那一部美術史，對現世的權力和財富還有擺脫不開的貪婪，也不容易領悟：一個時代，這麼多的讀書人走向山水的意義吧。

孤獨會是最後一種對自己的救贖嗎？

據說，是在幾億年間，由於太平洋板塊力量的擠壓，島嶼東部陸地隆起，形成大海之濱陡峻高聳的斷崖絕壁。從太魯閣大山一路綿延，像島嶼中央的一條有稜有骨的脊椎。

越過斷崖，沿著東部海岸，一路向南，大海在左手邊，右手側全是陡立的大山。山與海之間沒有太多腹地，山腳斜坡上粗略開墾小片農田，豢養疏疏落落幾隻牛羊，簡單民居房舍散置在山坡上，突顯出大山大海雄壯遼闊的氣度。

在一處叫石梯坪的海邊紮營，青年學生們點燃起營火。用過晚餐，營火漸漸熄滅，天空星辰漸漸繁密。一片天河是千千萬萬顆星子密聚的光，有人輕聲說：「從來不知道天上的星這麼多，這麼明亮。」

許多人攀爬到海邊孤立陡峭的岩礁上，看大浪襲來，激濺迸射，散碎成珠玉般的驚濤浪花。

不知歌聲幾時從激昂高亢轉為消歇，正聽浪潮迴旋，一輪明月從海面靜靜升起，已是子夜，海面一道月光，由遠而近，像一條路，像一條孤獨者的路，彷彿可以踏月而去，一直走到天上。

——二〇〇三年八月四日

卷二

秋時

曾經去過印度菩提伽耶那棵大樹下靜坐，
冥想一個修行者曾經聽到過的樹葉間細細的風聲。

葉子

時序還是盛夏，或許因為幾日陰雨，已有不少樹葉變黃墜落，公園地上新添了一片金黃。不像深秋落葉那麼繁密，有時疏疏落落幾片，襯映在沙地上，特別顯出葉子形狀的完美。

旋子，我從地上撿起一片葉子，想要收存在用來素描記事的空白筆記本裡。

葉子橢圓形，放在手掌上，剛好是掌心的大小。

樹上的葉子，長在高處，在陽光和風裡翻飛閃耀，色彩的層次和光的絢麗，使人不容易發現單一一片葉子形狀的完美。

地上的落葉變成淡淡的金黃，有一點透明，托在掌心，可以清楚觀察葉脈纖細而複雜的紋理組織，一片小小的葉子，竟也如此巧奪天工。

橢圓形的葉子，邊緣有不明顯的細細鋸齒。所有的鋸齒朝向同一個方向，從葉蒂上端一直延伸到形狀線條優美的葉尖，好像是最好的裁縫師傅的手工剪裁。

我問了公園裡休憩的當地居民，他們說是菩提葉。

但是和我在東方看到的菩提葉不一樣。

家鄉的菩提葉要大得多，形狀更接近心形，上闊下窄，葉尖也要比這邊的菩提葉長三、四倍。

我喜歡菩提葉，或許與傳說裡佛的故事有關。曾經去過印度菩提伽耶那棵大樹下靜坐，冥想一個修行者曾經聽到過的樹葉間細細的風聲。或者，樹葉靜靜掉落，觸碰大地，一剎那心中興起的震動。

冥想儘管冥想，這片葉子其實可以與故事無關的。

一個學植物的朋友常常給我比較科學的回答，他說：葉蒂纖細卻非常牢固，因為要支撐整片葉子的重量。他又說：許多葉子的邊緣有鋸齒是來源於防衛的動機。

我起初有些驚訝，我對一片葉子形狀優美的讚嘆，我想用文字去歌詠的一片葉子，我想用色形、線條、質感去表現和記錄的一片葉子；在一個學植物的朋友研究的領域裡卻有不同角度的觀察。

家鄉的菩提葉的確更像一顆心形，尤其是拖長的葉尖，使人覺得是可以感受細緻心事的人類心臟的瓣膜。

關於細長的葉尖，我的學植物的朋友仍有不同的解釋。

他說：許多植物的葉尖是用來排水的。他補充說：尤其在熱帶，突如其來的暴雨，大量積存在葉片上，葉片會受傷腐爛敗壞；久而久之，植物的葉子演化出了迅速排除水分的功能，形狀其實是功能長期演化的結果。

所以，我珍惜的葉蒂的堅定，我珍惜的葉脈如人體血管一樣細密地分布，我珍惜的葉緣像蕾絲編織一樣的鋸齒細紋，我珍惜如同一顆心一樣飽滿、而又如此優美、可以托在掌中的形狀，我所珍惜的細如鳥羽的葉尖……都只是一片葉子在漫長歲月中通過生存的種種艱難的痕跡嗎？

要多久才能演化成這樣的形狀？我好奇地問。他聳聳肩回答說：上億年吧。

旋子，他的回答使我陷入沉默。

美是不是生命艱難生存下來最後的記憶？美是不是一種辛酸的自我完成？所以美使我狂喜，也使我憂傷。

打開素描本，空白的紙上拓印著這一片葉子淺淺濕漬的痕跡，像一片不容易覺察的淚痕。

——二〇〇二年八月十一日

一個時代，有了「渲染」的審美，是開始懂得在時間裡修行了。

渲染

樹葉夾在空白的筆記本裡，幾天以後，紙上滲透葉子的汁液，拓印出一片葉子濕漬泛黃的痕跡。

拓印的痕跡裡有深有淺，有濃有淡，有濕如水墨的渲染，也有如乾筆的飛白；連葉子纖細的莖脈網絡也一絲一絲拓印了下來。

細如髮絲的線條和暈染的水痕，像一張最好的水印木刻小品。

書法美學裡常常說「屋漏痕」，便是指水在長時間裡沉澱滲透的痕跡吧。

小時候在水塘裡發現被浸泡久了的落葉，經水腐蝕，一片葉子只剩下透空的葉脈，迎著陽光看，像蜻蜓的翅翼，在風中微微顫動。

童年時刻因此多了一項祕密的遊戲，常常選擇一些自己喜歡的樹葉，浸泡在不容易為人發現的水塘或水溝角落。下了課沒事就跑去檢查，把葉子從水裡撈起來，看看腐蝕的情況。看完之後，重新放入水中，上面覆蓋偽裝一些水草，用石塊圍護住，以防備來水塘收穫茭白筍和荸薺的農民不知情，一不小心刈除破壞了這一方小小的私密花園。

日復一日，經過耐心的等待，總要大約一個月，腐蝕才夠完全。

葉片腐爛的部分隨水流去，剩下乾淨清晰的葉脈，用紙吸乾水分，在通風的地方充分乾燥，一片葉子美麗的莖脈紋理就都顯現了出來。

我童年的書頁裡夾著許多自己製作的這種葉片，也當作禮物，送給當年要好的玩伴朋友。

我沒有上過甚麼美術課，我的美術課大多是在大自然裡自己玩耍遊戲的快樂記憶。

宋代以後，繪畫裡常常用到「渲染」一辭。「渲染」一般自然會聯想到水墨的技法。

墨色凝固在絹帛或紙面上，原來是一塊死黑。經過水的滲透，經過濕潤的毛筆筆鋒一次一次的暈染渲刷沖淡，墨色和紙絹的纖維滲透交融，顏色和質感都彷彿有水介入，發生了瑩潤的光的層次變化。

「渲染」是說水的滲透，「渲染」也是說時間一次又一次地經營琢磨。

許多好的宋畫，無論色彩或水墨，都看得出來，層次的豐富，至少要經過十數次「渲染」，才能如此晶瑩華美。

我的大姊畫工筆花鳥，畫畫的時候，一定有一枝飽含清水的毛筆。上了顏色之後，即刻用清水筆渲洗一次。再上色，再渲洗，一次一次，如此反覆十餘次至二十次。

顏色褪淡成玉的質地，顏色不再是紙絹上一層表面的浮光，顏色滲沁成纖維裡的魂魄，顏色被水漫漶散開……；紙絹上一片葉子，一朵花，彷彿只是顏色回憶的痕跡。

藝術裡的美，常常並不是現象的真實，卻是真實過後的回憶。

回憶，需要時間的渲染。知道有一天，所有的現象都只是回憶，繁華也就耐得起一次一次的渲染了。

「渲染」或許不只是繪畫的一種方法吧，一個時代，有了「渲染」的審美，是開始懂得在時間裡修行了。

偶然翻開兒時的書頁，還會不經意發現一兩張昔時製作的葉片。莖脈迷離婉轉，書頁上一圈泛黃的拓印。初看起來，誤以為是葉片的影子，我拿開了葉片，痕跡還在，才知道不是影子，是葉片在歲月裡把自己永遠拓印在書頁上了。

——二〇〇三年八月十八日

處暑

他們每次走過這座橋都感覺到城市的美麗，河流的美麗。

新橋

黃昏的時候，許多人在河邊散步。

這條河，自東向西，流入大海，把城市分成南北兩半。當地人稱北邊為右岸，南邊為左岸。

城市最早的範圍只是河流中間的一塊沙洲。在戰亂紛擾的歐洲中古時代，人們來沙洲避難，在沙洲外圍建築了城堡。城堡四面環水，形成天然的護城河。敵人不易入侵，又方便居民無限量取水，飲用或灌溉農田，餵養牲口。

河之中流的一片沙灘地，具足了人類聚居的條件。

居民漸漸多了之後，給這片沙灘地取了一個名字，叫「Cité」，直譯也就是「城市」的意思。

生活安定之後，人民慶幸苦難已經過去，感謝上天庇佑，賜予平安與富足，祈求從此遠離疾病戰爭⋯⋯。西元一一六三年，城市居民決定在沙灘中央修建一座祀奉聖母的教堂，渴望像母親浩大之愛一樣的神恩，可以長久駐留呵護這座城市。

一千年前修建的聖母院有兩座高高的鐘樓。鐘樓面西，黃昏以後，西斜的金色夕陽照亮教堂正面。因為緯度的關係，夏季的黃昏，時間拉得很長。從午後五、六點鐘開始，教堂下層的三座尖型拱門被夕陽照亮，八點鐘左右，夕陽移照到拱門上方的玫瑰花窗。九點以後，最後的一點陽光閃亮在鐘樓的最高處，慢慢褪淡消逝，宣告入夜的鐘聲在城市上空迴響。

旋子，通常這個時候，我正開始入夜前一次習慣性的散步。我正走到教堂廣場前，看到廣場地面嵌入一個用黃銅鑄製的「〇」的標記，這就是城市的零座標。城市從這裡開始；城市的時間從這裡開始，空間也從這裡開始。這一個「〇」，彷彿是樹木年輪的中心，城市逐年從這個小小的中心向外擴大。

十四世紀左右，河流中間的這一片沙灘地已經是繁榮的城市。原來孤立在河流中央的島，修建了好幾條木製的橋梁。橋梁通向兩岸，通向右岸，也通向左岸。城市的範圍向兩岸擴大，一公里、二公里、三公里⋯⋯，城市不斷有新的空間座標。但是不管城市的年輪如何擴大，中心點永遠在教堂的廣場上，在那個黃銅鑄製的「〇」的標記的位置。

十六世紀以後，城市的版圖越來越大，人和車輛騾馬頻繁來往，橋梁的負載量逐漸不堪負荷。於是在一五七八年決定，在Cité島的西部尖端，修建一座同時連接右岸也連接左岸的十二拱石橋。石橋在一六〇四年完成，橋的兩側，沿著護欄，設計了圈拱型的座椅。橋梁除了原來運輸交通的便利，也多了使人可以坐下來休憩、停留的功能；坐下來，可以眺望城市風景，可以俯瞰橋下夕陽在水光裡潺湲流去，可以無所事事地沉思冥想。

城市居民喜愛這座美麗的「新橋」，他們攜老扶幼來看「新橋」。他們每次走過這座橋都感覺到城市的美麗，河流的美麗。這座橋梁從建好開始就被稱為「新橋」（Pont-neuf）。四百年來，河流上陸續新建了許多更新的橋梁，但是這座橋已經是城市居民心中永遠的「新橋」，是城市歷史裡永遠的「新橋」，是在美的記憶裡永遠無法取代的「新橋」。

旋子，我此刻坐在石橋邊的護欄圈椅上寫生，將近十點鐘，夕陽的光在很遠很遠的城市西邊的盡頭微微閃動，在新建的一幢幢玻璃帷幕的現代大樓間閃動，那裡是城市年輪最外圍的一圈，離「〇」座標已經很遠。

——二〇〇三年八月二十五日

人們匆匆開車急駛而過，對河流視若無睹，
也看不到自己生命的源遠流長。

沙灘

旋子，新橋兩側都有梯階，可以一直走下去，親近到河邊。河邊的堤岸並沒有阻隔城市和河流的關係，相反地，堤岸和梯階的設計，處處都在引導人走向水，靠近水。走向河邊，在河邊坐下來，或者讀書，或者發呆，或者沉思，或者靜靜看著水面上的日光或月光，一波一波慢慢流逝。

當地的人叫這條河流La Seine，聲音聽起來聯想到「寧靜」「安詳」「悠長」或「和緩」。閱讀這個城市的文學、美術、音樂、建築，都要不斷回到這條河流。多少詩人留下詠嘆河流的詩句，成為文學史的重要部分；多少畫家畫下了河流兩岸的風景，多少音樂作品裡灌注了河流的潮汐波光，多少橫跨河流的橋梁設計成為建築史上重要的標誌。

河流最初的功能是飲水、灌溉、運輸、防衛；工業革命之後，河流的這些功能逐漸不明顯了。

許多粗暴的城市因此遺棄了河流、謀殺了河流。垃圾廢物填塞汙染河流，用高高的水泥堤防封死河流。城市居民看不到河流，感覺不到河流的存在；一個餵養城市長大的母親，遭遇到最無情的棄養的悲劇。

十九世紀以後，這個城市有很大的變化。工業帶來人口暴增，城市空間不斷擴大，新的捷運系統密如蜘蛛網，地面上的公路、鐵路不斷增加，城市卻還是越來越擁擠壅塞。城市越擁擠，居民心情越煩躁，越沒有耐性。「速度」，越來越快的速度，變成現代化城市標榜進步的指標。

原來提供市民休憩沉思的河岸空間被粗暴的占領，改變成環河的快速道路，城市居民開車呼嘯而過，沒有人去感覺河流的寧靜、安詳、悠長、和緩。

「上善若水，水善利萬物而不爭」，古老哲學從凝視河流得來的生命智慧被遺忘了。人們匆匆開車急駛而過，對河流視若無睹，也看不到自己生命的源遠流長。

旋子，這一段被改成環河快速道路的河岸一直是我散步時刻意避開的地方。那些快速駛過的車子轟轟的聲音，使我不自在，使我焦慮緊張，無法悠閒恬靜。

其實這一段河岸是河流最美的部分，從新橋一直到聖路易島（Île Saint-Louis），也是城市最早發展的中心。

旋子，我今天散步的終點走到了聖路易島。從聖路易島向北繞回河流的右岸，我看到一個使我快樂起來的畫面。那一段長期作為快速道路、使人不能靠近的河岸被封閉了。我走近去看市政府張貼的海報，上面說明：七月十九日到八月二十日，一個月的時間，快速道路將要封閉。長達三公里左右的公路，將由市政府負責鋪上細沙，布置用大盆景種植的熱帶棕櫚樹。

公路在一個月間將被改裝成「沙灘」，河岸重新變成沙灘，河岸重新邀請人們靠近它。沙灘上將設置上千張躺椅，提供給市民躺下來讀書、曬太陽。市政府聘請了藝術家定期在河邊教兒童堆沙堡，青少年可以盡情在沒有汽車的河邊玩直排輪鞋，玩滑板，騎自行車；祖父祖母可以無所擔心地牽著小孫兒的手在河邊散步。

河岸沙灘重新還給了居民！

這整個市政計畫就取名叫「沙灘」（Plage），海報上是一個小孩的光腳丫輕輕踩踏在沙灘上。

旋子，一個進步的城市，也許不是只在追求越來越快的速度；一個進步的城市，也許要努力重新找回人類已經遺忘了很久、赤腳踩踏在沙地上的古老記憶。

——二〇〇三年九月一日

我一時恍惚，
不知道眼前是哪一個夏天。

眼前

沿河邊種植了一排大樹，高十餘公尺，與路邊的樓房齊高。大約總有一、兩百年的樹齡吧，樹幹粗壯，一人不能合抱。

在夏季，枝幹高處不經修剪，四處伸張，兩邊的橫枝，在馬路中間連接交柯。整條路在層層樹葉的蔭庇下，綠意盎然，好像加了一張巨大的綠色傘蓋。

經過樹葉篩濾後的陽光，搖搖蕩蕩，金色和綠色混合著幽微的光，在走過的行人身上臉上晃漾著。那些橢圓的、菱形的、三角的、梭形的，像蛇一樣竄動閃爍的光，像極了油畫裡的筆觸。風一陣吹過，筆觸就像浪濤波動，不斷撤換顏色和光影，有千百種的變化。

我坐在路邊短堤上，看這一張不斷修改變幻的畫幅。我沒有動筆，沒有畫布、顏料，沒有任何工具，我只是坐著看千百張畫，在眼前形成、存在、消失、變幻。好像在看魔術萬花筒裡剎那間千變萬化的繁華，也像在看夜晚天空突然爆放的煙火，在眾人剛剛驚叫起來的聲音裡，華麗燦爛瞬間消逝。

真正的繁華，我們好像從來沒有看清楚過。警覺到繁華，驚叫起來，繁華已經逝去。

我坐在空白的畫布前面，好像要用一生的時間，努力去回憶一次剎那即逝的繁華。那些金色和綠色的光影一一浮現，那些生成幻滅，那些瞬間驚叫起來的欣喜，那些歸於沉寂的失落和悵惘。

路邊沿河有短堤，堤面近一公尺寬，坐臥都適宜。有樹蔭遮蔽，夏日酷暑，也有人躺在上面小憩，享受一個幽靜甜美又慵懶的午睡。

短堤內側，一路都是售賣舊書的攤販。據說這些書攤，存在歷史已經很久。一個城市時間久了，閱讀的人口夠多，慢慢自然就累積許多年分久遠的書籍、報刊、雜誌、乃至於舊時代印刷的明信片、海報、照片，某些人留下來的零星手稿、信件……等等。

逛舊書攤的人，和買新書的心情動機都不太一樣。久而久之，沿河兩邊的舊書攤變成城市風景的一部分。十九世紀以來，許多以城市河流為主題的風景畫，畫中都可以看見這些舊書攤的存在。

書攤經過統一規劃，在河堤上製作成規格一致的木箱。每一個木箱大約長兩公尺，寬度和高度都接近半公尺。木箱油漆成墨綠色，箱蓋打開，變成上下兩層，可以用來陳列書籍。入夜以後收攤，把箱蓋重新蓋上，蓋子裝設了鎖扣，可以加鎖。整個木箱固定在石頭的河堤上，也不怕被拿走。書攤的主人因此十分便利，早上來了，只要打開箱蓋，晚上離開，也只要蓋上蓋子，上了鎖就走。夏天這些攤販也常去度假，一走半個月以上，許多書箱就一直鎖著，不怕有甚麼遺失。

沒有去渡假的零星書攤，成為沿河遊客停棲的所在。他們也在樹幹間拉了鐵絲或繩子，在繩子上用夾子夾了很多複製畫或老舊的印刷品，迎風飛揚。

我隨意翻看一堆陳舊的風景明信片，有的是黑白攝影，有的在黑白照片上用手工加染色，效果十分特別。大多是一九四〇年代的老照片，我看到了這條河，我看到了這段河堤，我看到了堤邊一排大樹，我看到了河堤上的書攤，我看到了那一個夏天的光影，手工染的綠色，像一個不真實的夢。我把明信片在河堤上擺成一排，對照眼前的風景。書攤主人走來，向我微笑說：「你有找到我嗎？」

我一時恍惚，不知道眼前是哪一個夏天。

——二〇〇三年九月八日

整個夏日，
城市上空到處都是種子在飛。

翅果

空中有一些東西在飛，旋轉、飄揚，隨風起起落落。抬頭看去，是從大樹的頂梢，一點一點，向下墜落。墜落的速度很慢，有時候會停在空中迴旋，好像在思索飄動的方向；有時候會靜止在原地，停留一會兒，浮浮蕩蕩，等一陣風來，又隨風飄去遠方。

有一些飄落到我的頭頂上方，我用手去抓，抓在手裡，細看是青綠色的種子。綠豆大小，圓圓的一粒，帶著兩個像螺旋槳般的翅膀，靜靜躺在我的掌心，像沉睡中的嬰兒。

整個夏日，城市上空到處都是種子在飛。有的像細細的棉絮，撲頭撲臉飛來，細小又輕，在風裡翻轉，沾惹在頭髮上、眼睫毛上。覺得擾亂人，用手去拂開，卻又甚麼都沒有。輕輕揚揚的飛絮，在風中一轉瞬就無影無蹤，早已不知又飄蕩去了哪裡。

好像總是有感傷的行人，停在春天的大樹下發呆，看漫天撲來的飛絮，不知如何是好。

我不知道夏天也有飛絮，也有種子漫無邊際靜靜灑落。

果然有行人停住，抬頭仰望，舉起手掌去承接。種子也彷彿聽人召喚，溫馴如鳥，帶著螺旋槳翼的翅膀，靜靜旋轉，降落在行人手掌上。

種子依靠風來傳布，像空中的飛絮，細小到不容易覺察，甚至也意識不到這樣漂浮的游絲竟然是種子。小時候玩過蒲公英，拿到口邊一吹，細細的種子就一片飛去。我知道也有一些植物，像楓香，有翅翼幫助種子飛離母體，叫翅果。

生命用各種形式完成繁殖蔓延，有的用鮮豔的色彩，充滿誘惑的香氣來引誘昆蟲傳播花粉；有的靠風的飛揚四處散布，有的靠水漂流；有的隱藏在甜美的果實裡，等待人們吃食完畢之後，把種子丟棄在土中生長。

一個朋友告訴我：鳥類啄食種子，種子在鳥腹中沒有被消化，隨糞便排出，種子借鳥的飛翔被帶到很遠的地方去，而且同時得到鳥糞這樣珍貴的有機肥料幫助成長。

生命在大自然中冥冥間有一種不可思議的因果，彷彿小到一粒種子，都能夠有清楚的生存意志，會努力演化出最恰當的方式來完成自己。

孔子是哲學家中非常關心「種子」的一位。他的哲學圍繞著「仁」這個核心主旨在發展。

在漫長的歷史發展裡，「仁」被太多理論學說包裝，變得越來越複雜難解。

「仁」在民間的語言裡，其實就是「種子」。

嗑瓜子的時候，在堅硬的外殼保護下，裡面藏著柔軟的瓜子仁；「仁」也就是種子發芽的部分。花生仁、杏仁、核桃仁，民間在最日常的生活語言裡仍然保留著「仁」這個字的原始意義。

孔子對「仁」最貼切的解釋，也許是「生生」吧。生命必須生長，文字這樣精簡，生命專一於生長的意志也單純沒有雜念。

此刻我手掌上躺著一枚種子，這枚種子如何會發展出兩側像螺旋翼一模一樣的翅膀？它藉著這翅翼可以飛離母體多遠？這一對翅翼可以幫助他找到更適合生存的土地嗎？

旋子，我覺得自己像一棵大樹，根牢牢地生長在泥土裡，種子卻已隨風飄飛去了四方。

種子是被祝福飛離到離母體更遠的地方吧！

抬頭看去，滿天無邊無際的小小種子，帶著它們輕輕的翅翼，在風裡遊蕩、漂浮、起落、旋轉，彷彿許許多多欣喜雀躍的新的生命。

我把手掌一揚，原來停在我掌中的一粒，也即刻隨風飛起來，旋轉著翅翼，參加進這夏日空中浩大的嘉年華會中去。

——二〇〇三年九月十五日

也許我們應該閉起視覺的眼睛，
讓心靈的眼睛有機會張開。

看見

從島嶼北部一路南下，沿路風景都在改變中。

我靠在火車車窗邊睡著了，火車行駛中平緩規律的節奏，好像一首熟悉的歌聲，空咚空咚，重複的韻律催人入夢。慢慢地進入了視覺懵懂的境遇，可是另一種思緒，相對地，卻又異常清醒起來。好像在睡夢的窗口，忽然睜開了另一隻不常張開的眼睛，看到了平常不容易看見的事物。

我看見了山巒上慢慢移動的雲的影子。很綠很綠的山巒上一塊暗色的陰影，像人體身上的胎記，好像暗示著一個我們已經遺忘了的過去。所有山脈的起伏凹凸，也因為這塊雲影的移動，顯現出極優美豐富的婉轉曲線。

山巒是倒臥下來的人體的一個局部，我彷彿看見了古代神話裡描述過的情景。開天闢地之後，創世紀的大神耗盡了氣力，倒下來死了。祂的肉體轉化成了豐厚肥沃的大地原野的土壤，祂的骨骼轉化成了稜嶒的山脈丘陵岩石峭壁；祂的血脈流成了奔騰洶湧的長江大河，祂的毛髮叢生成深暗幽谷裡的苔蘚草叢樹木；祂的左眼變成了太陽，右眼變成了月亮；祂最後的淚水流成雨季潺湲不斷的雨滴；祂口中最後呼吐出的一口氣息，停留在空中，成為飄移在藍天上久久不肯離去的一朵雲……。

旋子，長久以來，許多繪畫的人想畫出那一直停在睡夢窗口的一朵雲影。想畫出它的潔淨、輕盈，想畫出那種悠閒與緩慢的律動，想畫出在光的變化裡層次豐富的白，想畫出它在瞬息間形貌不可思議的幻化，想記住它，記住在睡夢裡看見、卻總是在清醒時遺忘了的種種。

我不想清醒，我在睡夢的窗口，張大了眼睛，看著那朵雲在山頭慢慢移動的影子，拒絕醒來。

也許我們應該閉起視覺的眼睛，讓心靈的眼睛有機會張開，有機會引領我們去看見另一個不同的世界。

我感覺到車窗外斜射進來的剛剛入秋的陽光，拓印在我手肘和面頰的一部分。是暖金色的亮光，隨著車子晃動的角度忽強忽弱。陽光的金黃裡滲透著那朵雲的影子，滲透著鐵路兩旁大片稻田的濃綠，滲透著遍布鵝卵石的溪床裡流水的反光。

火車進入隧道，陽光隱藏在山洞外。車輪和軌道摩擦的聲音被逼得很窄，山洞裡都是回聲。在一個悠長闃暗的黑洞裡，我睡夢中所有可以睜開的眼睛都打開了。我看見了很細微的光，在山洞的石壁上閃動。

視覺裡並沒有絕對的黑，心靈的視覺裡也沒有絕對的黑暗。

黑暗裡都是光在活躍，的確像是在看林布蘭特（Rembrandt）的畫，初看都是黑；靜下來多看一分鐘，就多發現一道光。

十七世紀的林布蘭特是在蠟燭的光、火炬的光裡畫畫的。他也觀察從黎明到日落的光，觀察日落到月升的光。在北國幽暗的冬天，他專心凝視夜晚雪地上一點點不容易覺察的光，專心到疲倦了，他閉起了眼睛。

我總覺得，在閉起眼睛之後，林布蘭特才看見了最美的光。那些光流動在衰老母親翻閱經書的手背上，手背上都是皺老的皺紋，皺紋隙縫暗處飽含著細細的光。

這個睡夢裡的幽深隧道好長好長，我睡去的肉身上，張開一個一個的眼睛，充滿好奇地探視著四周，我看見山壁上蕨類莖葉在風過處顫動，我看見石縫裡滲出水滴，我看見一些微細的沙塵在空中翻轉，我看見了雲變成了山巒的胎記，帶著山一起流浪。

——二〇〇三年九月二十二日

我抱著一堆心型的外莢，聽到一聲特別悠長高亢的蟬鳴。

蘋婆

放暑假的校園，沒有甚麼人，花都落盡了，覺得到處都是綠樹濃蔭。

躲在濃蔭裡的蟬，嘶嘶不斷的嘹喨叫聲，越發顯得四周空曠寂靜。

夏日午後，只是一片慵懶睏倦，好像一個花季，繁華去盡，剩下不太確定的回憶，剩下夢，剩下夢的魂魄。

我隨性往校園深處走去，好像是要走到恍惚的邊界，走去夢的盡頭。心裡猶疑，不知道夢的盡頭，是不是清醒。

地上掉落許多心形的硬殼，殼很厚，外層暗赭色，包裹著質地粗而強韌的纖維。心型內部中空凹入，摸起來，像人的皮膚，有細緻的褶皺。形狀像一個安全密閉的城堡，像一枚堅硬貝殼的內裡，也像雌性動物的子宮，造型看起來如此溫柔慎重，可以承受孕育胎兒，可以包容呵護幼嫩生命的成長。

路的兩邊都是相同的樹種，高四、五公尺的喬木，樹葉很大，葉片像手掌一樣分布開來，結構成濃密的綠蔭。

我在樹蔭深處尋找，果然密藏著碩大的果實。果實五顆結在一枝蒂上，每一顆都有桃子大小，桃尖的地方向上。因為果實的綠色和樹葉相近，不仔細看，不容易覺察。

沿著一條路，滿地都是果實的硬殼。我揀了許多，拿在手裡。遇到過路的人就問：「這是甚麼果子？」一個騎自行車的孩子說：「ping-pong。」不等我細問，騎著車，一溜煙跑了。

我不知道「ping-pong」是哪兩個字，繼續走下去，發現這些厚實的心型是種子的外莢。外莢成熟裂開，裡面有許多暗黑色的種子，像花生仁大小，一粒一粒從高處散播下來。我揀了幾顆，搓開黑色外皮，裡面是米黃色的果仁，顏色質地形狀都像花生。有點想放進口裡嘗嘗，怕有毒，還是不敢試。

我抱著一堆心型的外莢，聽到一聲特別悠長高亢的蟬鳴，抬頭去找，沒有看到蟬，卻發現綠色濃蔭裡有一點怵目的豔紅，細看才知道正是成熟了的果莢。

原來果實成熟的時候，從綠轉紅，轉成令人心驚的豔紅色，好像這樣飽滿的血色才能布告新生命的誕生。

桃實大小的果子上本來就有一道裂縫，和桃實可以掰開的裂縫一樣，等果實轉成熟透的豔紅，裂縫就爆裂張開，一個完整的桃型張開成倒著的心型，把種子灑播出去。

種子散布的工作完成，果莢的豔紅色逐漸衰退，變成暗赭色，也從濕潤變得乾枯，不多久，風一吹過，就紛紛墜落。

有人散步走過，看我滿懷抱的果莢，笑著說：「種子可以吃的，街上有得買。」

「是嗎？」我即刻問：「這是甚麼果子？」

「蘋婆。」那人也拾起一束果莢，補充說：「蘋果的蘋，外婆的婆。」

方才騎自行車的孩子說的「ping-pong」就是「蘋婆」嗎？我有些疑惑，以前在博物館看過宋人著名的工筆冊頁〈蘋婆山鳥〉，那畫裡的「蘋婆」是一種像蘋果而略小的果子，和眼前這果莢完全不同。

我不死心，問了另一個過路的人，她說：「這是掌葉蘋婆，你看樹上的葉子，不是一片片都像手掌嗎？可是當地方言都叫『ping-pong』。」

我想：也許因為發音相近，又現成有「蘋婆」兩個字，就方便移來用了。

旋子，我把那堅韌的果莢握在掌中，像握著一顆心。那形狀如此完美，好像是我在母胎裡最初的記憶，我蜷縮著，在一個柔軟慎重的空間裡，還看不見，還聽不見，但是如此被呵護，知道天地間有了自己。

——二〇〇三年九月二十九日

秋天是從水面上來的，
水面上混濁的光一日一日沉澱下來。

秋水

蟬聲不停叫啊叫啊，拖著長長的聲音的尾巴，聲音越來越弱，季節就逐漸入秋了。

旋子，要怎麼告訴你秋天已經來了？

城市裡的人感覺不到秋天已經來了。城市裡的人過中秋節，打著赤膊，穿無袖麻紗背心，吹著風扇冷氣，一口一口吃月餅，一面抱怨：熱死人了。推開窗，行道樹的葉子綠濃濃的，一片也沒有掉。

秋天在哪裡？城市裡的人覺得：秋天只是一個季節的名稱，沒有具體的內容。

但是，旋子，秋天真的來了。

我靠在窗邊看河面上的水，沒有風，水面上顫動起了一陣粼粼的細微波光，好像有人輕輕踩著水面上的光一步一步走來。我想起曹植〈洛神賦〉裡的句子：「凌波微步」，他也是看到了秋天從水面上緩緩走來嗎？

我把面河的十二扇窗都推開了，窗外的河像一幅長卷一樣展開。河的對岸是一帶蜿蜒的山丘，山丘的稜線倒映在水中。秋水澄明潔淨，像一面明亮平滑的鏡子，又像一片全新細白的絹，山巒的倒影落在上面，正好像一塊墨暈，四周都是留白，只差鈐上一方紅色印章，就是一幅山水了。

秋天是從水面上來的，水面上混濁的光一日一日沉澱下來，河水變得透明清澈，像一張白紙。視覺上繁雜的東西消退了，形象變得很單純。山和水的輪廓都比夏日更清晰。夏日的山水都霧濛濛的，入秋以後，山水都沉澱出寧靜的光。山巒沉澱出墨綠的光，河水沉澱出天空碧藍無雜質的光。自古以來，許多人都感覺到了「秋光」，許多人為秋天的光寫詩，許多人為秋天的光作歌譜曲，許多人把秋天的光記錄在戲劇電影裡，把秋天的光比喻為人生步入中年的心境……。我冥想著秋光的種種，記起小時候讀過的唐詩句子：「銀燭秋光冷畫屏」，秋天是帶著幽微迷人的光來的嗎？

我的窗戶面向正東，早上起得早，可以看到日出。太陽從河對岸的山頭升起，墨黑的天空拖著一帶長長的彤雲，紅紫色，和傍晚的霞彩不同，沒有那麼多變化，但是，更明亮，更篤定，朝氣蓬勃，是要宣告黎明的初始了。

入秋以後，日出的光偏斜了，從偏南的角度照射進室內。偏斜的光彷彿沒有夏日那麼急躁，一吋一吋在室內徘徊，移動得很慢，我看到早晨的光已經慢慢移到了窗外，就停了工作，坐在窗台上看水。

原來繫在岸邊木樁上的小船，不知道是誰解開了纜繩，小船隨著上漲的潮水漂浮起來。潮水打在堤岸上，澎澎湃湃，一波一波，是海水湧進河口的浪潮，聲音低沉而持續。海水湧進來的速度很快，不多久可以看到海水和河水交界的潮線。潮線是橫斷河面一條長長的弧形曲線，很清楚的分界，一邊是藍色的海水，另一邊是比較混濁的淺黃綠色的河水。漲潮的時候，潮線往上游的方向推移，潮水向兩岸洶湧，河的中央反而平靜，可以看到隨海水進來的魚群，一隻一隻向上竄跳踴躍，離水可以達一公尺多。魚跳起來的時候，帶起一朵小小的浪花，銀白色的，停在空中，浪花此起彼落，跟隨彎曲的潮線向上游挪移。

潮水漸漸漲滿了，我窗台下原來裸露的河灘，此刻來來回回，已是一片迴旋搖漾的秋水。沒有纜繩牽繫的小船，越漂越遠，變成秋天寬闊明亮河面上一個小小的黑點，好像可以這樣無目的無方向，可以這樣漂流去天涯海角。

——二〇〇三年十月六日

我在窗邊向空白的秋水長嘯一聲。
長嘯的尾音在水波上連續震盪。

回聲

莊子在〈秋水〉一篇裡說：「秋水時至」，文字一開始就讓人感覺到一條寬闊清澈的河流，從遠處流來，在入秋的幽靜裡不疾不徐緩緩徜徉。因為河面寬闊，兩岸的景象都顯得渺小。莊子說的「不辨牛馬」，是說：空間距離遼闊，到了分辨不出牛馬的形狀。我想，他其實是用委婉的方法提醒我們視覺的限制吧。

我坐在窗台上看窗前秋水，看到一條解開纜繩的船越漂越遠，遠到變成一個黑色小點，遠到最後看不見了。我想到莊子形容的「泛若不繫之舟」，我們總是把船綁繫在可以看見的眼前，或許「秋水時至」，這條船，不在我眼前，卻可以隨水流去了天涯。

我們的視覺究竟能看多遠？我們的眼睛究竟能辨識多麼細小的物件？

東方和西方都有過手工極巧的巧匠製作纖細的藝術品。在米粒大小的象牙上雕一整部《心經》或〈赤壁賦〉，用放大鏡看，比毫髮還細的線條流暢婉約，不輸名家書法。荷蘭十七世紀盛行靜物寫生，桌子上一只盤子，盤子裡一條魚，魚遍身鱗片，鱗片上細細的反光，停著一隻蒼蠅，正搓手搓腳。

巧匠的藝術挑戰視覺的極限，也挑戰手工技巧的極限，像運動員挑戰速度或高度的極限，一旦超越了難度的極限，會引起旁觀者歡呼驚叫。

今天的秋水顯然沒有讓我歡呼驚叫，我只是看到一條解纜而去的船，越漂越遠，遠到不見，我因此知道了自己視覺的限制。

除了視覺的極限，或許還有心靈感知的極限吧。

那個越去越遠的黑點，我知道是一條船。如果在黃公望的〈富春山居〉長卷裡，船只是空白裡的一條墨線。船不一定是精細視覺的辨識，船可以是秋水空闊澄淨的視域裡一個小小的黑點，不是我們看見的存在，而是我們理知的存在。

我們可以做一個實驗，把視覺裡可以辨認的物件逐漸拿遠，遠到一個程度，物件無法辨認了，視覺到了臨界，視覺絕望了。但是在視覺絕望的邊緣，也許正是心靈視域展開的起點吧。

視覺絕望，卻使人領悟：我們自豪自大的視覺，還有多少看不見的東西。

一條船，不用退多遠，視覺上就只是一個黑點了。一座山需要退到多遠？一片秋水需要退到多遠？因為莊子，許多畫家從視覺的巧匠，慢慢過度成心靈視域的追求者；從得意於歡呼驚叫的技巧極限，一步一步，領悟到技巧的極限距離美的沉靜包容還很遙遠。

他們知道了視覺的極限，他們懂得了在天地之間的謙遜。他們開始退遠，退遠到看山只是墨暈，看水只是留白。他們捨棄了歡呼驚叫的快樂，他們像秋水裡原來自大自傲的「河伯」，來到了出海口，看到面前海洋之大，不可思議，才知道自己所知甚少，只有「望洋興歎」。

因此山水長卷裡，船可以謙遜到只是一個小點，一條墨線；山也可以只是一小塊淡淡的墨暈，至於秋水，當然可以不在意是大片大片的留白。

旋子，我在窗邊向空白的秋水長嘯一聲。長嘯的尾音在水波上連續震盪，一直傳到對岸。對岸剛好有一列捷運，向城市的方向駛去。尾音在風中迴旋打轉，部分被車聲淹沒，部分繼續向前傳送到對岸山谷。山谷被聲音充滿，樹梢草叢流泉石隙都起了回聲，連昆蟲薄薄的翅翼也鼓動起了回聲。

我靜靜等候，知道所有的回聲都還在秋水上徘徊。

——二〇〇三年十月十三日

寒露

害羞謙遜的花，
好像對自己這麼不像花充滿了歉意。

欒樹

在河邊散步，看到沿路種了一排欒樹。

這幾年城市裡許多街道採用欒樹做行道樹，有人特別強調是「台灣原生種欒樹」，但是不知道為甚麼過去並不多見。

《山海經》《白虎通》這些古籍裡都有欒樹的記載，但兩千年前的文字，描述籠統曖昧，很難斷定是不是同一種植物，或者只是同名而異物。

明代李時珍《本草綱目》裡有「欒華」一項，講得比較詳細：「欒華生漢中川谷，今南方及都下園圃中或有之。葉似木槿而薄細。花黃似槐而長大。子殼似酸漿，其中有實如熟豌豆，圓，黑堅，堪為數珠者。五月採其花，亦可染黃。」

台灣的欒樹也是開黃花，花期不在五月，而是在十月入秋之後。

我散步的時候，低頭看到地面鋪滿一片細碎的黃色落花，抬頭看，才發現是一排欒樹。

綠色的樹梢迎風搖曳，頂端正盛放著一叢一叢黃色的花。每一朵花只有小指尖大小，細細的黃色花瓣，花萼一點紅。顏色鮮豔，但是因為細小，並不明顯。一簇一簇，從茂密的綠葉叢中升起，不仔細看，會誤以為是剛抽長出來的嫩黃新葉。每年十月，欒樹開花，青黃交錯，許多人都錯過了它的花季，直到從樹下走過，看到遍地落花，才驚覺到欒樹的花期已過，花落處已萌生了疏疏落落幾顆豔紅的蒴果。

和容易被錯過的黃花相比，倒是欒樹豔紅錦簇一般的蒴果引人矚目。十月中旬以後，像火一樣在欒樹頂端燃燒起來的豔紅色，紅綠相襯，顏色對比，特別醒目，使人駐足，使人留連徘徊。有人以為那紅色的蒴果就是欒樹的花，在樹下叫著：「欒樹開花了！」呼朋引伴來看，也有人瞪了那人一眼，糾正他說：「不是花啦！是蒴果。」

黃色的花，夾在青綠色的葉子中，青黃產生諧和，色調不強烈；豔紅色的蒴果和青綠一對比，紅色卻立刻跳了出來。欒樹的蒴果比花更受到注意，恰好用的是色彩學上的對比法。

有些植物的花特別豔麗，好像要宣告強烈的交配慾望，鮮豔的色彩、奇特的形狀、濃郁的香味，使花的存在被突顯出來。花的交配完成，好像一切激情騷動都沉澱了，果實反而顯得比較安靜滿足，像一個懷孕的婦人。欒樹剛好相反，花顯得沉靜，而果實卻豔紅一片，如火熾熱。

十月走過有欒樹的街道，一簇簇像火燃燒的豔紅蒴果，高高盛放在綠樹頂端，像一頂華麗絢爛的冠冕。欒樹的葉子狹長，像桃葉而略寬，葉緣有鋸齒，兩片兩片葉子互生，枝條向四面紛披垂下，越發襯出蒴果向上簇擁在頂端的華麗熱鬧。

連續幾年觀察欒樹，每到十月初，就不會錯過欒樹的花期。站在樹底下，仰頭看樹葉叢中抽出一簇一簇的花，害羞謙遜的花，好像對自己這麼不像花充滿了歉意，好像要努力把自己隱藏起來。花期也很短，沒有幾天，秋風一起，黃色細碎的花片一瓣一瓣掉落，在地面隨風翻飛，不多久就無影無蹤了。

十月中旬前後，花陸續飄落，花落處，在花蒂的地方生出一枚蒴果，豔紅色，三瓣三稜，像一枚小小楊桃，把瓣膜打開，裡面密藏著一粒一粒圓圓的黑色種子。

沒有落盡的黃花，搭配著新結成的紅色蒴果，襯托在一片綠葉叢中，葉綠花黃果紅，層層相映照，使南方熱帶的島嶼也有了些許秋意。

——二〇〇三年十月二十日

我在窗台上靜坐冥想，聽潮聲聲聲入耳，聲聲都像是在說世間因果。

潮聲

在窗台邊看河，原來只是偶然。看書眼睛累了，或工作疲倦了，泡一壺茶，依靠在窗台上，喝茶，看河水，也休息。

慢慢地，日復一日，我坐到窗台邊的時間好像有了一定的秩序。後來才發現，秩序最初形成，似乎是隨潮水上漲而來。

我埋首讀書或工作，專注在畫畫或寫作，忽然聽到原來安靜的窗外起了一陣騷動。仔細聽，好像刹時間風起雲湧，好像千軍萬馬蜂湧而來，一種低沉渾厚的聲音，夾帶著巨大澎湃的力量，一波未平，一波又起。好像從大地河谷裡激起了不安的騷動，好像無處宣洩的熱情，好像要滿溢出來的鬱悶，衝突激撞，四處尋找出口。

那種蘊蓄著巨大力量的聲音，使我無法安心平靜。我丟下手邊的工作，走到窗口。我看到墨藍色的海水，一波一波洶湧進來。爭先恐後，接連不斷，向兩岸推進。原來裸露的黑色河灘，一段一段被潮水淹沒。河灘上本來有一條條低窪的小溝，此刻潮水就從這些溝道湧入。充滿了溝道之後，再繼續向四面蔓延。很快地，寬達十幾公尺的河灘，即刻就被潮水彌滿。潮水繼續上漲，一波一波打在堤岸上，捲起浪花，聲音更是澎轟壯大，好像要掀天動地。我坐在窗台上，看波瀾壯闊，看海與河激情熱烈地搖盪撞激迸濺，像宿世纏綿不去的愛，像累劫報復不盡的恨，愛恨糾纏，無休無止，我在窗台上靜坐冥想，聽潮聲聲聲入耳，聲聲都像是在說世間因果。

時間久了，很容易知道每一天漲潮退潮時間的推移，好像我身體裡也有了一個潮水漲退的時刻表，我坐在桌案前書寫讀書，或走到窗前休息看河，形成生活裡兩種不同的節奏。

潮水漲滿之後，洶湧澎湃的聲音就靜止了。岸邊原來擱淺在河灘上的船，隨水浮漲起來，在水面上搖盪。河灘上生長的一片紅樹林，有一尺高，被潮水淹沒了枝幹，只剩下綠色的樹梢露出水面。入秋以後，風從東北方向，順著河口，長長地吹進來。幾隻白鷺鷥在長風裡展翅飛翔，從空中靜靜降下來，好像沒有一點重量，輕輕落在綠色的樹梢上。

旋子，漲潮的時候，大河比平時寬度多出有一倍。我的視覺，遠遠望出去，都是水，充實飽滿豐富的水。水一直連到天際，天反映在水中，兩岸都被推遠了，天地也都被推遠了，停棲在樹梢的白鷺鷥，一個細小的白點，靜止不動，好像只是來對比漲潮時大河口的秋色是多麼遼闊蒼茫。

鷺鷥其實是為覓食而來的，他們對潮汐的漲退比我更熟悉，大概一到潮水漲滿，就看得到鷺鷥一隻一隻，像孩子放到空中飛去的紙片，飄飄搖搖，然後靜靜落下來，落在紅樹林梢，落在淺水處，或落在一片浮木上，隨波浮沉，等候潮水退去，淺水河灘浮冒出來小魚、招潮蟹、或其他甚麼生物，白鷺鷥就上前啄食。

我在窗台上新斟了一盞茶，茶上的熱煙裊裊飛升騰轉，回頭看，一隻鷺鷥長長的喙裡已叼起一條小魚，小魚掙扎迸跳，但不多久，就在白鷺口中消失不見。那隻白鷺仍靜立水邊，凝視逝水，一動不動，好像並沒有發生過任何事。

旋子，潮水開始退了。我坐回書桌前看書，耳邊聽到潮水頻頻退過河灘的聲音，很細很細，像蠶在夜晚吃食桑葉的聲音。水慢慢在沙裡滲透，像是沙漏裡流逝的時間，點點滴滴，涓涓細細。

——二〇〇三年十月二十七日

鴨子

無事在窗前坐，看窗外山靜雲閑，一片山水，天遼地闊，好像時間都已靜止不動。覺得是洪荒以前的風景，一切都在等待開始。

好像畫家未曾動筆以前面對的那一片空白；好像演奏者手指停在琴鍵上空，屏氣凝神，一點聲音沒有，但一切就要開始。

好像舞台上空無一物，任憑鑼鼓喧天，人還沒有出現，時間與空間都在等待，等待生命初始，等待洪荒裡第一聲嬰啼，叫醒天地。

一隻白鷺鷥靜靜飛來，原來靜止的畫面，忽然動了起來。照片變成了電影，剎那間，有了聲音，有了動作。

鷺鷥從空中降落，姿態非常輕盈。雪白張開的雙翅，浮在空氣裡，飄飄搖搖，好像微風裡無心落下的一片白色花瓣，在空中猶疑搖擺，不知道要到哪裡降落。

通常，潮退以前，鷺鷥多落在紅樹林梢，或落在支出水面的木樁頂端。他們可以棲止不動很久，細細長長的腿，曲線優美的頸脖，通體雪白，在風景裡特別醒目，像一尊高貴的雕塑。

鷺鷥伸長頸脖，棲止不動，等待潮退，等待河灘淺水處浮現出游魚蝦蟹，鷺鷥眼尖，居高臨下，一展翅，俯身掠過水面，長長尖尖的喙裡已叼起一隻獵物。

鷺鷥的靜止不動，其實是一種專注吧。和畫家面前的空白一樣，和演奏前的無聲一樣，鷺鷥專注的是牠的生存。旋子，全力以赴的專注，使生命凝塑成一種美，一種像雕塑的美。

潮水退盡以後，鷺鷥多轉移降落在黑色的河灘上。

河灘遍布招潮蟹，四處奔逃。鷺鷥一一啄食，動作敏捷準確。我在窗台上看，步步殺機，覺得風景裡多了生死因果。山水卻仍然只是山水，沒有甚麼愛憎好惡。

朋友來了，熟悉了我的作息，我也不用招呼，他們自在窗前看風景，看山看水，看潮來潮去，看鷺鷥飛起或落下，各自有各自的領悟吧。

B來過幾次，愛看鷺鷥的優雅空靈，常不發一語，在窗前呆坐看河。

我在看書，忽然聽他說：「有鴨子！」

「你現在才發現啊！」我放下書，也走到窗邊。

B說：「我看了很久，一直以為是一隻動作比較笨拙的鷺鷥。」

我被他的比喻逗笑了，從窗台望下去，一隻鴨子混在鷺鷥群中，顏色淺褐黃，動作沒有鷺鷥那麼靈巧，也在爭食河灘上的生物，遠遠看去，的確不容易分辨。

旋子，大約是今年初吧，河邊忽然多了一群鴨子，十幾隻，一長列浮在淺水上，或一大群走在河灘上，搖搖擺擺，我在窗前閑坐，多了一種樂趣。

和鄰居討論，都不知道鴨子是從哪裡來的。

我們這一排臨河的簡單公寓社區，住戶不多，彼此也都熟悉，大家彼此詢問：誰放養了一群鴨子？最後都沒有答案。

鴨子很快一天一天長大，似乎河邊可以吃食的東西很多，不需要人餵養。

鴨子也從不靠近河邊，不與人親近，牠們總是聚在一起，遠遠看去，像一個毛筆寫的甲乙丙丁的「乙」字，我想起元人山水畫裡真是用這樣的方法畫鴨子，十分高興。

一陣子，坐在窗邊看鴨子，成為很大的樂趣。鴨子不在河邊，反而會特意尋找。等到牠們搖搖擺擺從紅樹林的樹叢裡走出來，才放了心。

鴨子有一天終於不見了，河灘上只剩下孤獨一隻，呱呱叫著，好像受了驚慌，四處尋找同伴。鄰居忿忿地說：「一定被壞人抓去吃了。」

我看著這隻鴨子，在大片的白鷺鷥群裡，牠會感覺到孤單嗎？

——二〇〇三年十一月三日

卷三

冬季

在異國闃暗無明的夜晚，
我故鄉的鬧鐘在我身體的每一個角落響了起來。

時差

在世界各地飛來飛去，從一個地區時間，轉移到另一個地區時間，剛剛開始，常常調整不好作息的習慣。尤其是遠距離的旅行，跨洲越洋，過了換日線，時差的困擾，可以延續一星期，十天，甚至更長的時間。

時差是身體上存留的一種生活的慣性吧。忽然間頭腦昏鈍，眼睛澀而沉重，全身的細胞都突然睏倦起來，渴望睡眠的命令一時間在身體各個部位發生作用。

時差像身體內部看不見的一個祕密開關，瞬間關閉所有的燈，或瞬間開啟了所有的燈，使意識從清醒入於矇矓，或從矇矓忽然清醒。

時差是近代運輸工具快速化之後產生的現象吧。

古代的旅者，步行、騎馬、乘船，甚至火車汽車，在較緩慢累計的旅程改變裡，不太容易產生時差的問題。

時差是快速度巨大轉換下對慣性規則的失序感。

有時候在跑步機上運動，在一個固定速度頻率下跑半小時、一小時，習慣了這個速度和身體運動的節奏關係，突然間改變速率，或按了停止鍵，剎那間，原來向前行進的感覺，變成倒退，好像影像倒轉，自己的身體從正常的空間脫軌，失去了安全的規則。

時間的改變或空間的改變，速度太快，都會使感覺失序，產生不安。

感覺不安，好像是一種警訊，好像警告我們太快速度的改變隱含著適應的危險。

恐懼危險，人類需要依恃很多固定的軌道、規則、習慣、或傳統。

感覺不安，容易退回到安全的軌道與規則上，遵守習慣，依賴傳統。

旋子，在幾天持續的時差裡，我懷疑自己：是不是衰老了。

在身體年輕的狀態，可能刻意去追求軌道與規則迅速改變的快樂。

所以，感覺不安，可能是一種警訊：使人重新退回原有的軌道。但是，感覺不安，可不可能也是一種刺激，鼓勵身體去經驗通過脫軌失序以後全然新領域的喜悅？

我仰望快速度雲霄飛車上青年兒童歡樂的驚叫，我欣賞站在數百公尺高空向下彈跳的人，在空中翻騰飛翔，宛若遊龍，在完成冒險之後，那喜悅的臉上透露著挑戰難度的自信。

旋子，我意識到自己身體裡「時差」的鬧鐘響起來了。我意識清醒地坐起來，看窗外一片墨黑沉靜，在異國闃暗無明的夜晚，我故鄉的鬧鐘在我身體的每一個角落響了起來。

我不知道，要不要把這故鄉的鬧鐘關掉。我不知道，要不要把故鄉鬧鐘的作息，快快調整成此地的規則。

因為是休假，我有點放縱自己，放縱自己耽溺在故鄉的時差裡，夜半獨自醒來，感覺自己熟悉的初日照進室內，感覺榕樹上的鳥雀鳴叫，巷弄上學的兒童彼此呼叫，賣早餐包子饅頭的車子破破的喇叭聲音遠遠近近……。

旋子，我在時差異常的清醒裡，看見我眷念的城市開始一天的忙碌。

——二〇〇三年十一月十日

也許，我夢想的，更是社會學上的自由，倫理學上的自由。

自由

我從時差裡醒來，知道身體某個不肯睡去的故鄉在那裡。而此地已是深秋，遍地落葉。旅店的窗口向南，東方初昇的太陽從左側照亮窗外的港灣。港灣很長很長，一帶藍色的水，在黎明的光裡微微發亮。

港灣的北端有一些巨大的起重機械的裝置，好像是停卸貨物的碼頭。因為距離遠，看不清楚細節，感覺不到碼頭的雜亂。或者，也還是清晨，一切忙碌尚未開始，船舶似乎也還在沉睡。

有一條很長的鐵橋，從港灣的北端向南延伸。鐵橋從我的窗口看去，是一條清晰的黑色的線。剛開始，黑線貼著水面，逐漸加高，從水面升起，跨過海灣，連結著南方的一片陸地。

我眺望陸地遠處，有一座城市。密聚的高樓堆擠在一起，在長長的海灣和陸岬之間，看起來像一個突兀的神話。

關於這個城市，有過一首美麗的歌。歌一開始就告訴你：如果要去這個城市，別忘了在頭上戴一些花。

年輕時候唱過的歌，總是很難忘記。

年輕時候也很容易相信，一個要戴著花前去的城市，一定是美麗的城市。

旋子，美麗究竟是甚麼？美麗是心裡永遠不會老去的一些夢想嗎？

我們夢想甚麼？我們夢想過甚麼？

我坐在窗口，隔著一大片海灣，遠眺那座我夢想過的城市；隔著歲月，回看我夢想的細節。細節都不清楚了，我只記得，那麼渴望過自由。自由是甚麼？也並不具體。或許像一對翅膀，可以飛起來。即使在肉體最沉重的墮落的重量裡，仍然可以藉著心靈夢想的自由，輕盈地飛起來，飛在城市的上空。

如果我的故鄉使我心靈沉重，我就在頭上戴了花，流浪到遠處去，尋找一個使我可以飛起來的地方。

我夢想過一個城市，人們在頭上戴了鮮花。他們在街上互相擁抱、親吻，他們彼此和善微笑，他們在憂傷的時刻，彼此依靠。

我夢想的自由，不僅僅是政治上的自由，也不僅僅是經濟上的自由。

也許，我夢想的，更是社會學上的自由，倫理學上的自由。是從一切人為的規範限制裡解放的自由吧！

這麼多年之後，我才開始領悟，我夢想的自由，其實是審美上的自由。

政治的自由，使人從牢獄迫害裡走出來。經濟的自由，使人從貧窮飢餓裡走出來。社會的自由，使人從階級裡走出來。倫理的自由，使人從宗教家族的禁忌裡走出來。

然而，我還是不自由的。我的心靈可以是自己的牢獄。我們可以衣食無缺，但是心靈貧窮。

旋子，我在無階級的社會裡沒有看到真正的平等。旋子，我無法解釋，每一次倫理的革命之後，都又樹立了新的權威與禁忌。

「他們不美！」我今天在街道上看到一個老人，他手上拿著一個牌子，上面書寫著幾行反對戰爭的句子。他批判戰爭，批判他的政府，他的國家，批判政客與官僚，批判庸俗貪婪的財閥。

路上行人匆匆走過，或停下聆聽。我注意到老人稀疏的白髮鬢邊戴了一朵紅色的花。

——二〇〇三年十一月十七日

小雪

我抬頭觀看，長空裡已無大雁，
候鳥是已走遠了。

候鳥

飛來北國時，已是此地深秋。候鳥大多已經南遷了。沿著海邊散步，抬頭可以看到天上成排成列的大雁，時時變換著隊伍，有時疏遠，有時密聚，在空闊明淨如紙的天空，寫著像是「之」又像是「人」的漢字書法。

候鳥遷徙之後，海邊剩下一些不怕寒冬的禽鳥，像偶爾在低空盤旋的海鷗，以及緩步在草地上行走啄食的烏鴉。烏鴉的羽毛油黑油黑，黑中閃著暗藍色寶石般的光。海鷗則是灰羽中帶一點赭黃，從低空掠過，翅膀不動，像是滑翔，姿態優雅，但落地以後，走路的樣子顯得笨拙；行走似乎不是牠們的專長。

隔著海灣，遠處黑壓壓一片大山，山頂覆蓋了白雪。大山很遠，綿亙不斷，好像即使在夏天，山頂也還有積雪。山下一大片密密的森林，一入秋顏色就起了變化。初來北地，容易被絢爛彩色濃豔的景緻震驚。黃赭紅綠，在陽光裡翻飛，明亮耀眼。春天最熱鬧的繁花盛放，顏色也很少這樣豐富錯雜。

經驗過北地深秋，才知道生命在任何時刻都一樣華美動人。

我坐在一片落葉中，落葉重重疊疊，像織出來的錦繡。旋子，這樣精心織繡出來的美麗圖案，在北國大地上，一拉開就是上千公里，無休無止，好像揮霍不完的色彩。

這是多麼奢華的禮物，彷彿所有的樹葉都知道已是告別的時刻，它們要做最後一次生命徹底的揮霍。

美，竟是一種毫不吝惜的揮霍嗎？

我平日拘束謹慎的生活霎時間受了震撼。在這樣奢侈的揮霍面前，覺得自己的感傷、眷戀、嘆息和不捨都沒有甚麼意義了。

生命的來去，無論樹葉，或我自己，此時此刻，深秋入冬，只是平靜沉默不語。旋子，你可以感覺得到那沉默中難以言喻的喜悅與圓滿嗎？

我在想，我若是候鳥，是否此時已隨隊伍南遷到溫暖的地方？或者，我也可能孤獨離群，在日復一日更加寒冷的北國，等待深秋入冬。等待每一片葉子靜靜墜落地面，等待風從枯葉間沙沙響起，等待空氣中凝結著寂靜，等待第一場初雪，像漫天飛起的白色花瓣，在空中捲起，飛揚，迴旋。

有沒有候鳥，眷戀耽溺秋深，忘了南遷？

我抬頭觀看，長空裡已無大雁，候鳥是已走遠了。

每一棵樹下一堆落葉，散步時，常常是低頭看到地面一圈落葉，抬頭才看到樹。銀杏樹的葉子是特別明亮的黃，每一片葉子像一把張開的摺扇，一支長長的柄，重重疊疊覆蓋地面，最像織錦。槭樹的葉子像鵝掌，葉緣多尖銳的曲折，色彩黃綠斑爛。楓葉最紅，纖巧的形狀，鋪成一片，像是紅氈，走過的人都停了下來，看地面落葉，再仰面看樹，樹已剩禿枝，疏疏幾株枝枒，像一尊佛，端坐在自己的落葉中間。

我夢到自己是一隻候鳥，在向南飛去的途中，夢想著南方明亮溫暖的陽光。但是，不知道為甚麼，在南飛的中途，我變成了一片向下墜落的葉片，在秋風裡浮沉。一個過路的人把我接在掌中，夾在信箋裡寄給朋友。他的朋友久居南方，我因此到了那裡，躲在郵件箱中，百感交集，知道長途飛來的候鳥們也都近在咫尺。

——二〇〇三年十一月二十四日

銀杏樹葉脫落最快，葉子幾天裡從青綠變成明黃，風一吹，嘩嘩掉落。

銀杏

路過愛荷華，這個校園，二十年前來過。記得河邊有幾棵高大的銀杏樹，晨起散步，特意繞道去找。幾棵樹都還在，彷彿老友，沒有甚麼盟約，但是總有牽掛。

深秋入冬，看電視報導，附近有些城市已經下了初雪。這裡雖然還沒有那麼冷，樹葉也已經紛紛脫落。

銀杏樹葉脫落最快，葉子幾天裡從青綠變成明黃，風一吹，嘩嘩掉落，樹根四周地面上一圈明亮耀眼的黃色，很容易辨認。

二十年前在這校園停留四個月，季節是夏秋之交，銀杏的葉子剛開始變黃就離開了。此刻的銀杏樹已經都是禿枝了，覺得二十年，如同一夢。剛剛離開，轉身回來，老友已容貌變遷。幸好樹木似乎越老越是嫵媚，我便走近樹下，端詳起這幾株二十年不見的老樹。

銀杏樹主幹粗壯直挺，不太有蕪蔓虬曲的姿態。從主幹斜伸向上，有秩序的旁枝，排列整齊。每一旁枝上凸出短短的許多小槎枒，承受細細長長的葉蒂。扇狀張開，半圓弧形的葉片迎風招颭，特別葳蕤扶疏。夏天的銀杏樹華麗豐富，貴氣而優雅；此刻葉子全掉光了，禿禿的銀杏樹，可以細看它枝幹槎枒的結構。

最早看到銀杏樹是在美國東岸，朋友帶我看華盛頓紀念堂的兩株老銀杏樹，說是清末中國政府送的禮物，從那時生了根，也像新的移民，在新的土地上繁衍了後代。

銀杏樹是中國古代美術上最常見的主題。漢畫像磚裡常常看到扇形葉片的銀杏樹，枝枝相交錯，葉葉相覆蓋，像漢樂府詩，喜氣質樸而又富裕。新近出土晉代竹林七賢磚刻畫裡也有銀杏。流轉飛揚的枝葉，陪伴著徜徉山林的一代名士。看那幅磚刻，總覺得阮籍、嵇康的長嘯尾音還在銀杏枝葉間迴盪。

晉代的大畫家顧愷之真跡多已不傳，但他著名的〈洛神賦〉留有歷代摹本。〈洛神賦〉裡的山水背景主要是銀杏樹，一棵棵枝葉宛然的銀杏，植立在仙境一般的小山上。曹植神思恍惚，在洛水上看見翩翩行走於水上的女子，驚鴻一瞥。整個畫卷迤邐著一株一株的銀杏，使我走到天涯海角，只要看到銀杏，都覺得彷彿拉開了〈洛神賦〉，自己也走在長卷裡。

六朝到唐，銀杏常常出現在壁畫、石刻、磚雕，甚至織繡、漆器及金屬工藝上，成為審美的主要圖案。

古代日本美術也喜愛表現銀杏。一面黑漆茶托，上面一枝金色扇形銀杏葉。好像在深秋樹下凝視落葉，連魂魄都烙印在黑色的寂靜裡了。

我也喜歡日本古代織繡裡的銀杏葉，錯錯落落，繁繁複複。真的是走入深秋林地，落葉心事重重，迷離搖曳，不知如何是好。日本料理茶碗蒸裡總有一顆銀杏的菓實入湯，沒有重味，只是清香而已。

幾年前去北京香山，正好也是深秋。原是為了看傳說中曹雪芹最後故居，走來走去，走進一片正在落葉的銀杏樹林。枝幹蒼老，樹皮上都是皴皺，褶皺凹痕長滿苔蘚。秋風乍起，一片片葉子滿天滿地撲面而來，在我頭上迴旋，好像久別重逢。

這幾年朋友送我銀杏葉煉製的藥丸，說是可以防止老人癡呆。我吃了，但不知效驗如何。

——二〇〇三年十二月一日

寒林間因此有一種肅靜，一種瑟縮，一種凝凍。

寒林

在北地做客，主人擔心我從南方來，不耐寒冬，入夜前在壁爐裡多加了柴火。火光熾熱旺盛，我看了一回書，有些睏倦，不覺睡著了。

醒來的時候，聽見風聲。枯葉刮在地面上，簌簌作響。我覺得窗隙間什麼東西很亮，拉開窗簾，月光「嘩」一下湧進室內。抬頭看，枯樹林間一輪又大又白的滿月。

這是北國入冬的寒林，樹葉都脫落盡了，沒有遮蔽，月光才能這麼清澄透明。

主人已入睡，壁爐還有餘溫。我不想驚擾他，躡手躡腳，穿戴衣帽，準備到外面走走。

拉開通向樹林的門，迎面一陣寒風。我趕緊把門在身後關上，一大片枯葉撲頭撲臉罩下來。我拉低帽沿，豎起衣領，把自己用大衣緊緊包好，頂著風，走向樹林間的小徑。

呼呼的風聲，好像鬼吼。枯枝在空中炸響，有時交柯，擊撞糾纏，發出怪異的摩擦聲；有時咻咻唰唰，像一條一條抽在空中的長長的鞭子。

大片大片的月光，像許多破破碎碎的鏡片，在樹林枯枝間閃耀映照，明明滅滅。

連地面上也有亮光，是白日積雪，溶化成水，又在寒夜凝結成薄薄的冰片，也反映著天上月光。

我在大風裡不容易站穩，也要小心腳下薄冰的濕滑，走得特別謹慎。

白天這樹林裡有鹿，主人放了鹿食，大小雌雄六、七頭鹿就從樹林深處出來覓食。松鼠、浣熊更是常見，在餐廳用餐，這些小動物就扒在窗戶邊看著你，好像等待一些賞賜。

此刻樹林卻如此寂靜空白。圓圓的月亮，像一盞巨大的照明燈，在樹林間移動逡巡，好像照得狐鼠夜梟四處竄逃，沒有隱藏遁形的地方。

月光裡只有亂飛的枯葉，像被驚動的鳥，驚慌飛撲。一時從地面陡然升起，一時向同一方向迴旋追逐，一時又齊齊墜落。

我看到的是漫天枯葉亂飛，卻想起王維的句子：「月出驚山鳥」。「驚」字用得真好，原來北國寒夜，月光清明，可以如此驚天動地。

宋人畫山水，有「寒林」一格。專門描繪北方入冬樹葉落盡以後的荒寒蕭瑟。李成是畫這「寒林」的高手，他的真跡多已不傳，但許多後人摹本，也還可以窺見宋人眷愛寒林的獨特美學品格。

我看過幾件印象深刻的「寒林」。舊黯的紙絹上，墨色很灰，乾筆枯澀，像是老人不再青春的頭髮，灰白灰白，卻也華貴安靜。

唐代美術追求華麗濃豔，喜歡用大金大紅大綠。強烈對比高明度高彩度的顏色，像春花爛漫，使人目不暇給，使人陶醉眷戀，不能自持。

由唐入宋，好像夏末秋初，季節從繁花盛放逐漸入於寂滅。看到花謝花飛，看到花瓣一片一片在空中散去。看到即使秋天霜葉紅楓，如此絢爛耀眼，一到寒風乍起，萬般繁華，離枝離葉，最後剩下的只是一片枯樹寒林。

宋人的畫寒林，是已經看盡了繁華吧！

寒林間因此有一種肅靜，一種瑟縮，一種凝凍，一種生命在入於死滅前緊緊守護自己的莊嚴矜持。

從小徑穿過樹林，好像行走於月光的水中。有時風起，水裡都是波瀾，心事也盪漾起來。風一停，月光特別寂靜，寂靜到像琴絃上最細的一個持續的高音。那高音是寒林裡孤獨者的嘯傲，變徵、變羽，越來越高亢，就是不肯降下來做低卑的妥協。

我在南方的故鄉，少有寒冬，一年四季如春，不容易體會寒林的孤傲頑強，也不容易體會寒林的蒼涼潔淨。

——二〇〇三年十二月八日

他蜷縮著，一動也不動，我看到了洪荒裡石頭的流動，我聽到天崩地裂的聲音。

舞者

他蜷縮在舞台上，像一塊不動的石頭，像一枚沉睡中的蛹，像一粒等待發芽的種子；像一個點，在浩大的空間裡，才剛剛找到自己存在的定位。

如果是石頭，它應該記憶著洪荒以前熔岩的噴發。在高溫裡膨脹爆炸噴射，它的身體在巨大的溫度裡分解，熔化成最小的分子。所有的分子，快速旋轉演變。身體的每一部分，好像都在尋找新的組合方式。天崩地裂，身體破碎瓦解成粉末塵埃，像稀釋的液體，在渾沌大氣裡飄散流蕩。

當溫度降低下來，速度緩慢下來，它凝結了，固定了，變成一塊不動的石頭。數十億年來，它一直不動。偶然一次地震，或許喚起它久遠久遠以前天崩地裂的一點回憶吧，它稍微搖擺晃動，若有所思。不多久，還是決定安分做一塊不動的石頭。

你在舞台上，你使我想起那一塊不動的石頭。

如果是一枚小小的沉睡中的蛹，不知道它還記不記得上一次肉身解蛻時巨大的疼痛？

他的身體蜷縮成一團，像母體中靜靜的胎兒。耳中有規律節奏的呼吸心跳，有汩汩血脈，像是四面包圍的潺湲水聲。在極其安靜的蛹的睡眠裡，我聽到遠遠的輕微的胎動。

每一個繭中沉睡著一個蛹，每一個蛹的睡眠裡，都有無數彩色繽紛的夢。他記得，這個此刻沉睡的身體，曾經在空中上下翻飛，翩翩起舞。

這個身體，曾經飛揚浮沉過春天的樹林沼澤池畔溪流，曾經穿越金晃晃的陽光，曾經和漫天的花瓣一起飄灑紛飛，曾經收攏起斑斕透明雙翼，專心停佇在一朵盛放綻開的花蕊中心，專心吸吮嗅聞蕊心深處那一點芳香甘甜的蜜汁。

它可以這樣安靜圓滿，如睡眠中的蛹，在微暗的舞台上，回憶著前生，回憶著做為蝴蝶彩蛾的時刻，回憶著一切的繽紛華麗。

繽紛華麗的夢，像倒轉過來的水晶球，裡面許多細碎的亮片，紛紛灑落。所有亮晶晶的繁華都飄落之後，在層層落葉的覆蓋底下，一粒種子安靜地等待著發芽。

他像一粒等待發芽的種子。

他蜷縮著，我可以很清楚看到他身體摺疊的秩序。在堅硬果核保護的中心，柔軟的胚芽把自己縮得很小很小。我用刀切開果核，看到胚芽擠在狹小的空間裡，身體一層一層地摺疊，緊緊擁抱著自己。

他要把自己縮到這麼小，藏在最隱微的黑暗之處。他要把自己縮到這麼小，不占據任何空間。

是不是肉體縮到最小，意志才能向上伸展？胚芽知不知道，這麼小的身體裡，隱藏著要長成一棵大樹的意志。

我看到他的身體蜷縮成一個小點，那個小點是一條線的開始。

好像王羲之練習書法最初的那一個點，叫做「高峰墜石」，從很高很高的山峰向下墜落的一塊石頭。從這個點開始，有了存在，有了速度，有了方向，有了重量，有了體積，有了向下墜落的沉重，也有了向上飛起的夢想。

他蜷縮著，一動也不動，我看到了洪荒裡石頭的流動，我聽到天崩地裂的聲音。我看到了沉睡的蛹，一一孵化成漫天飛舞的蝴蝶。我看到了一粒胚芽，長成枝葉扶疏的大樹，在明亮的陽光裡隨風搖擺。我看到的是舞台上一個小小的點，那小小的點，卻是一切的開始。

——二〇〇三年十二月十五日

我記得誕生以前和誕生以後，
很長一段時間，我都閉著眼睛。

黑暗

突然的停電，使他陷入黑暗中。他本能地伸出手，碰觸到桌子的邊緣。剎那間的黑暗，視覺失去了功能，不能辨別物件。伸手不見五指，他沒有安全感。

他的手指一碰觸到桌子邊緣，好像就減少了一點恐慌。像掉在黑漆漆的大海裡，隨便一根草，一片浮木，都想抓住。「抓住」似乎比視覺的「看見」更踏實，也更具體。

他把手停在桌子的邊緣，撫摸桌子的轉角，感覺桌子的厚度，感覺木皮的紋理質感。用手掌心貼著桌面，好像醫生用聽筒探聽病人的呼吸和心跳。他感覺木頭裡好像還透露著樹木在陽光照耀下遺留的溫度，有雨水沁潤過的細膩的潮濕。在某一處的紋理中，他甚至撫摸出折斷的枝幹留下一個清晰的疤。那個疤被刨平了，上了漆，但還是觸摸得出來，有一點點凹凸的變化，在那裡留下一個旋轉的痕跡，一個糾結的傷口。

他閉著眼睛，像一個盲人，用手觸探身邊的一切。

如果不是停電，他沒有機會知道自己擁有這樣敏銳的觸覺。他的每一根手指上好像都長出了眼睛，指端每一個末梢都變成最纖細的味蕾，可以品嘗最細微的變化。

他想像自己是盲人，沒有視覺，卻擁有最純粹的觸覺。

旋子，我最初的記憶好像都不是視覺。

我蜷縮在母親體內的時候，包裹在一個闃暗溫熱的圓形空間裡。我緊閉雙眼，身體感覺得到濕度溫度，感覺得到非常柔軟的一層膜，保護著我的身體。感覺得到身體好像浮在溫熱的水中，感覺得到一個沉穩篤定的心跳，感覺得到有韻律的呼吸。

回到最初，我們感官的深處，並不是視覺，在張開眼睛之前，最活躍的感官竟是觸覺。

離開母體之後，我大哭過。

我仍然緊閉著雙眼，聽到自己的哭聲嘹喨高亢，在突然大了好幾倍的空間迴蕩。我的兩隻腳被一隻有力的手抓住，我倒吊著，懸在半空中。覺得皮膚上濕濕的，有一點冷。我想縮回去，縮回到以前那闃暗幽靜溫熱的母體中去。我掙扎了很久，但是回不去了。

不多久，我覺得被一雙溫暖的手臂環抱著，緊貼在一個厚實的胸脯上，我聽到非常熟悉的心跳呼吸，我甚至嗅聞到非常熟悉的氣味。心跳規律的節奏，有韻律的呼吸的起伏，熟悉的氣味包圍著我，我好像辨認出那是我的母體，我非常非常熟悉的氣味溫度，呼吸的韻律和心跳的節奏。

我停止了哭泣，被一隻手環抱撫摸著，覺得安全了，可以入睡。

我記得誕生以前和誕生以後，很長一段時間，我都閉著眼睛。我用整個身體感覺著外面的世界，我也感覺著自己身體裡面的許多變化。感覺到飢餓，感覺到熱，感覺到寒冷，感覺到痛。甚至感覺到想笑的喜悅，感覺到恐慌與憂愁，在被拉出母體的時候，恐慌到嚎啕大哭。

我也顯然已經感覺到安全、溫暖和幸福，匍伏在母親寬厚的胸脯上時，臉頰上還殘留著哭泣後冰涼的淚水，嘴角已經帶著放心的微笑安然入睡。

在我閉著眼睛的時候，我也聽到許多多的聲音，離我很近的那個心跳，像一種節奏穩定的鼓聲，不疾不徐，使我逐漸發現，我也有完全一樣的心跳。我慢慢把自己的心跳和另外一個心跳調到一樣的頻率。我也配合著另一個呼吸，像在琴弦上找到一樣的起伏。鼓聲應和著鼓聲，琴弦應和著琴弦，我閉著眼睛，沉溺在感官的幸福裡。

——二〇〇三年十二月二十二日

泡完溫泉，全身肌膚有一種細膩，有一種滑，好像春雨滋潤過的葉片。

溫泉

從小在台灣長大，不覺得溫泉多麼稀罕。都市近郊不遠處都有溫泉，小時候，父母隨時興之所至，一吆喝，一家人帶了毛巾，從圓山站搭火車到北投，半小時左右車程，就可以雀躍歡呼，浸泡在熱騰騰的溫泉中了。

早期北投沿著山路都是溫泉。有非常廉價的大眾浴池，一般大眾白日忙碌過後，花一點錢，無限制用水，洗頭洗腳沐浴洗身軀。甚至有人帶了大批衣服被單去洗，家裡連熱水都不用燒。溫泉對他們而言，價廉物美，只是日常生活方便又享受的一部分吧。

沿著北投山路盤旋而上，日據時代規劃的公園，留下許多高大松樹。松林掩映，露出黑瓦白牆房舍。幾叢茶花桂樹夾道，一條石砌曲徑通向幽深處，蒼苔斑剝，花香撲面。路口常立有一片原木招牌，古雅墨跡書寫著「某某湯」。

小時候對「湯」的理解，只是飯桌上用來喝的湯，北投的「湯」卻都是講究精緻的日式溫泉旅館。這些「湯」，幾十年來，多已改建，山丘上冒出怪物般大樓。少數保存的幾間舊式旅館，經過整修，也往往不了解原來格局材質的講究，庭院空間失去昔日的從容樸素，偶然看到角落一座棄置的矮小石塔，知道品味不可勉強，只是對時代的粗糙感覺遺憾。

少年時候讀〈長恨歌〉，讀到「春寒賜浴華清池，溫泉水滑洗凝脂」，很為自己慶幸，可以從小三天兩頭泡溫泉，不必等候「賜浴」。

唐朝長安城外的華清池溫泉，大概的確變成了一種特權的賞賜。唐朝做官的人，每十天有一種特別的洗澡假，叫做「浣」（這個字另一個寫法「澣」）。「浣」常常出現在古字畫落款的時候，稱「上浣」「中浣」或「下浣」，也就是「上旬」「中旬」「下旬」的意思。每十天放一次假去洗澡，成為國家官員體制，甚至影響到文學辭彙，「浣」大約不是普通的洗澡，極有可能是一種對特定官員的「賜浴」。

父親年輕時旅遊去過華清池，華清池因為〈長恨歌〉，使我有浪漫的聯想，我當然好奇，要父親描述。他支支吾吾說：「沒什麼，一個男大眾池，一個女大眾池。」我有些失望，這樣描述華清池，完全沒有文學細胞。母親剛泡完澡，身上冒著煙，在旁邊冷冷地補了一句：「你老爸在華清池撞到女大眾池去了。」我很興奮，急忙問他：「好看嗎？」我想的是楊貴妃「賜浴」的那個水池，結果父親板著臉兇著說：「什麼好看，一堆人，黑黑的頭髮，白白的肉，掛著兩個奶，嚇死人。」

父親講話帶福建口音，那「嚇死人」三個字真是難聽。

幸好我對〈長恨歌〉的幻想沒有因此破滅，每次泡溫泉，還是會覺得「溫泉水滑」寫得真好。溫泉的美好其實不只是它的溫度，因為水質，泡完溫泉，全身肌膚有一種細膩，有一種滑，好像春雨滋潤過的葉片。可以想像，肉身豐腴的唐代女子，微微暈眩，微微慵懶，身上縷縷輕煙繚繞，她不會這樣看過自己的肉身，她發熱的身體感覺到初春的寒冷，寒冷像花片一樣，一瓣一瓣貼在皮膚上，她忍不住愛撫起自己的身體。

天氣寒涼的季節，我還是喜歡上山去泡溫泉，在露天空曠的山野，熱熱的身體，獨坐岩石上，大風在樹梢迴蕩，溪谷裡都是流泉，滿眼繁星，滿耳蟲鳴。

——二〇〇三年十二月二十九日

任何人為修建的溫泉，都比不上這樣幕天席地在大河河床上的泡湯，身體泡熱了，坐在岩石上吹風。

泡湯

日本人在台灣留下了「湯」的古語，近幾年民間也出現了流行語「泡湯」，逐漸取代了原來「泡溫泉」的說法。

台灣的溫泉，幾乎遍布島嶼的每一個角落。日本人有泡溫泉的傳統，日據時代，因此規劃了幾個溫泉區，台北附近的北投只是比較著名的一個例子。

我也在幾個偏遠地區，看到過日據時代留下的溫泉建築。像苗栗的虎山溫泉，恆春半島上的四重溪溫泉，台東大山縱谷裡的紅葉溫泉，中部中央山脈入口的谷關溫泉。

多年前登玉山，從東埔過父子斷崖，走八通關古道，曾經在東埔借住了一夜。住的是日據時代修建的警察招待所，檜木棟梁門窗地板，上面一式黑瓦鋪頂，院中幾株豔紅山櫻，燦如煙霞。入睡前浸泡在熱湯中，縷縷輕煙從敞開的窗戶翻騰飛去，一整天走山路的疲累痠痛，盡皆洗滌而去，舒適暢快，難以形容。同伴隨山風長嘯高歌，餘音繚繞，至今猶不能忘。

這些偏遠地區的老式溫泉，一直到七〇年代，多半還在管制區內，需要辦甲種或乙種入山證件，因此遊客不多。年久失修，顯得簡陋破舊，但也相對保留了這些溫泉建築原來樸素典雅的風格。

年久失修，遊客稀少，又地處偏僻山區，容易寄生蛇鼠野生動物。在東埔的一個晚上，貓鼠在天花板梁間追逐竄逃，聲東擊西，一夜不曾停止。

去虎山溫泉是臨時起意，車子開到管制站，只要有身分證，當場發乙種入山證。離管制站不遠就是溫泉，旁邊有一排木造兩層房舍，供人住宿。泡完湯後，和友人在山路上散步，剛好是滿月，樹隙間都是月光，瞥見路面一條黑白相間的長蛇游過。姿態從容嫻雅，沒有一點驚慌。同去的友人學中文，說起「黑紋白章」的典故，我只是訝異，此地溫泉帶硫磺氣味，蛇也可以不避。

第二次泡湯遇到蛇是在紅葉。時間近子夜，滿天星斗，車子開在縱谷裡，不見人影，找到紅葉溫泉，我們四個人下了車，兩男兩女，辦了住宿，撞見一個醉漢。他醉得有點踉蹌，瞇斜著眼，盯著我們同行的兩位女性，上上下下打量。

不多久，我去浴室，醉漢尾隨而來，悄悄靠近問我：「那兩個小姐哪裡找的？」我許久才會過意來，忍不住哈哈大笑。後來告訴兩位同行畫家女友，她們也哈哈大笑，似乎覺得榮幸，不以為忤。

隔天早上，我一起床，上廁所，打開門，一條青蛇盤踞地上。牠昂起頭，我覺得好像應該說：「早安！」或「Bonjour!」不知道要用哪一種語言，最後只好放棄，輕輕關上門，轉身走了。女友後來也去廁所，出來之後，我問她：「有沒有看見蛇？」她說：「沒有。」又問：「有蛇嗎？」

其實我最好的泡湯經驗都不在室內。

二、三十年前去台東知本，雖然也有一間老式的木造溫泉旅館，卻沒有什麼人泡湯。到了晚上，旅館外面一條乾涸的河床閃著一叢一叢的燈火，像倒映在水底的星光。走近看，河床上一窩一窩大大小小的野溪溫泉。有的只容一個人蹲坐其中，有的稍寬，可容父母子女三、四人同浴。他們或用手電筒照明，或堆石塊在凹洞避風處點蠟燭。燭火熒熒，他們詠唱卑南民歌，悠揚嘹喨。

我才知道，任何人為修建的溫泉，都比不上這樣幕天席地在大河河床上的泡湯，身體泡熱了，坐在岩石上吹風，他們好像本來就是岩石，回來找到了自己。

——二〇〇四年一月五日

趁明月清風，四野都是蟲鳴，趿了拖鞋，帶條毛巾，找岩壑僻靜處，浸泡在縷縷熱泉間。

野溪

近幾年，常有專題報導，介紹不為人知、藏在偏遠地區深山大澤裡的野溪溫泉。

尋找野溪溫泉，目的似乎已經不是為了單純的泡湯；野溪溫泉因為多在荒山河谷源頭，需要翻山越嶺，溯溪而上，一路攀援，更多探險性質。

如果找到溫泉，當然歡欣雀躍，但是尋找野溪溫泉的過程本身，已經充滿親近自然的樂趣。

我有一些專門尋找野溪溫泉泡湯的朋友，個個面色紅潤，筋骨結實，講起話來聲宏氣壯，走起路來虎虎生風，好像長久親近山水荒野泥土，人也浸染了自然的開朗豐厚大氣，沒有久在文明都市中的瑣碎閉窒。

台灣全島到處遍布溫泉，早年台東知本河床谷地裡一窟一窟的溫泉，暴露在荒野間，沒有人為的修飾管理，也不用花錢，附近百姓攜老扶幼，日夜享受泡湯之樂，這其實就是今日所謂的野溪溫泉，是自然給予人類最美好的禮物。

工商業發達之後，這些原來屬於大眾共享的自然資源，多被財團壟斷，占據為私有的財富，蓋起突兀怪異的大樓，經營收費昂貴的旅館，招攬城市觀光客前來度假。在沒有計畫的開發下，自然環境被破壞，資源被濫用。許多以溫泉為號召的觀光區，幾年內就被糟蹋得面目全非，慘不忍睹；提供劣質消費，甚至溫泉水源過度開發，多數旅館已用加溫燒水冒充天然溫泉，矇騙顧客，也使更多追求自然的人寧可走向偏遠深山溪谷，尋找野溪溫泉。

如果不是私人壟斷，以台灣溫泉的普遍，其實並不需要登山涉水，千里迢迢去尋找野溪溫泉。

我早年的記憶，荒野間，溪谷裡，熱氣騰騰，透著辛烈的硫磺氣味，露天溫泉，一窟一窟，到處都是，離家很近，也不需要特別翻山越嶺去找。

八〇年代，我在北投住過，離家走路不到三分鐘，就有野溪溫泉。

從新北投火車站往北走，沿緩緩的山坡向上，不到幾分鐘，可以聽到溪流潺湲聲。一條沿溪小路，路名就叫「泉源」。雨勢大的時候，溪水都成急湍，聲勢浩大。平日溪床間布滿巨石，石隙水流冒熱氣，氣味嗆鼻。初來的遊客脫了鞋子，走進溪流，驚訝欣喜，向岸上同伴大叫：「水是熱的！」

後來我知道這就是磺溪源頭，溪谷裡都是自然泉口，溫泉汩汩流出，整條溪水都是熱的。我就在這溪邊住了幾年，閒暇無事，看書到夜半，趁明月清風，四野都是蟲鳴，趿了拖鞋，帶條毛巾，找岩壑僻靜處，浸泡在縷縷熱泉間，或躺臥巨岩上，聽山風在樹梢迴旋。朋友來家小坐，不怕露天裸體的，我都邀請泡湯，享受了好幾年洗野溪溫泉的快樂。

住戶多了以後，造訪這處溫泉的人也陸續增加。有人把舊被單用木棍竹竿懸掛成帷幕，稍有遮掩，白天也可以沐浴。

再過一段時間，帷幕多隔了一間，兩間入口各懸掛一張紙板，大字書寫「男湯」「女湯」，女性也可以享受泡湯了。常常夫妻二人隔著帷幕，邊泡湯邊聊天，可以聽到各樣家庭瑣事，泡湯意外獲得許多民間百姓生活樂趣的點滴。

幾年裡，北投泉源路的溫泉有名起來，居民集資修建兩間鋼骨水泥浴室，浴室外置放乘涼喝茶的桌椅，接了電線，有燈照明，泡完湯，還有人唱卡拉ＯＫ。

我搬家之前，溪邊蓋起十六樓的公寓大廈，房地產商宣傳的廣告就是「溫泉別墅」。

——二〇〇四年一月十二日

讀者依詩句去找，相信詩人指點過的江山值得一去，但到了現場，江山多已變色，徒增感慨而已。

燒水

台東知本的野溪溫泉消失了，北投磺溪源頭的野溪溫泉被別墅大樓包圍，也失去了原味。

我心裡總還惦記著幾處野溪，不知它們都無恙否？

八〇年代去過一次太平山，那時候的太平山還在林場管制站，正準備規劃，開放為遊樂區。我是和規劃小組的朋友一起進山的。

在羅東住了一夜，天濛濛亮，一夥人上了運木材的大卡車。走在蘭陽溪的河床上，卵石纍纍，卡車顛簸到像要翻倒。完全無法坐，只好用手撐著，隨車搖晃，一路到翠峰湖。

翠峰湖只有一處伐木工人的工寮，也是全體規劃小組成員的住宿之所。黃昏以後，夜霧四合，雲煙繚繞，所有的人都安靜了下來。晚飯過後，雲霧漸散，天空滿滿都是繁星，許多人引吭高歌起來。工人們用大臉盆做容器，倒滿米酒，加入保力達B，勸客飲酒。規劃小組成員多是大學生，不多久全都醉倒，工人們則自去湖邊沐浴。

那時太平山還保留了最後的蹦蹦車和溜籠。這兩項交通工具其實都是為運木材設計。蹦蹦車在山壁懸崖上架設軌道，車廂裝了滑輪，利用斜度滑力的速度，使裝滿木材的車廂滑行。

速度很快，如果控制不住，車廂滑落山谷，頂多也只是犧牲一車木材。我們那時年輕，覺得離死亡還遠。一堆人坐上運材蹦蹦車，快速滑行。有人驚叫，有人長嘯，彷彿覺得萬一摔下去，也只是一車木材。

溜籠更有趣，是在此山到彼山間牽鋼索，用滑輪把一籠的木材從山上往下運。速度當然比蹦蹦車更快，但據說失事率也更高，只是摔下去還是一籠木材，沒有什麼大關係。我們幾番要求，都關進了籠子，一路溜下山去，還不及驚呼，千山萬水，已經到站，覺得李白過三峽未必如此豪邁壯觀。

太平山記憶最深的是最後出山前去了一處野溪溫泉，名字叫「仁澤」，也叫「燒水」。有人說一個是日本名字，一個是閩南語。我未詳盡考證，只是覺得「燒水」這名字貼切。因為一靠近溪側，不寬的溪谷裡熱騰騰冒著硫磺氣，濃濁的煙在寒天裡翻捲，還沒有脫衣跳入水中，已經感覺到一股撲面而來的熱氣，的確是一溪「燒水」。

我在熱水溪中泅泳，水不深，頂多只到腹部。溪中又多巨石，其實不是游泳，只是在石隙間隨水流浮沉，看遠近都是大山聳峙，仰躺著看，更是雄偉奇磔。

去過一次太平山，泡過一次仁澤溫泉，想念了很久，一直到九〇年代後期才有機會重去。這次是從鴛鴦湖一帶入山，看野生石楠在初春開花爛漫。我一路和同去的朋友敘述「燒水」的好處，或許加上多年回憶想念，那一條野溪更是溫熱動人，也勾引同去的友伴躍躍欲試。

到了「燒水」，野溪已經不見，遠遠看到一些怪異水泥貼磁磚的建築。一個做成不規則形狀的水上樂園式的游泳池，有大字強調「仁澤溫泉游泳池」。

我被同行友伴嘲笑了很多年，知道警惕自己，心裡美好的回憶，最好不要再回頭留戀。

古代許多詩人遊山玩水，指點江山，留下著名詩句。後來讀者依詩句去找，相信詩人指點過的江山值得一去，但到了現場，江山多已變色，徒增感慨而已。

大約詩人一路走去，指指點點，讀者覺得他在指點江山，他喃喃自語，說完就走了，讀者以為是詩句，他也只是興之所至，沒有什麼山水瓜葛。

在燒水泡湯，倒是留下一張照片，有時會拿出來看一看。

——二〇〇四年一月十九日

東坡是「多難畏人」，我生活平順，但也領悟，好朋友不必太多，好風景也不必太多。

風景

有幾處野溪溫泉是我常常懷念的，隔一段時間，總想再去看看。每次再去之前，雖然也心中忐忑，生怕又變了樣，觸景生情。結果還好，連續去了好幾次，一直沒有什麼大的變動，都能維持最初去的快樂。

慢慢地，感覺到自己心裡有一處可以信任的風景了，可以很久不去，但是相信那裡的風景還是一樣。就像相信一個要好的朋友，多年不見，沒有頻繁來往，仍然不會疑慮恐慌，知道一見面就能很親，言語也不陌生，思想觀念也不陌生，好像沒有離開過。

蘇東坡在「烏台詩獄」之後，因為被小人誣陷，在監獄裡關了一百多天，放出來之後，下放黃州，那個時期他寫給朋友的詩文，常常加注「多難畏人」四個字。牢獄之災以後，東坡怕認識人，怕交朋友，他倒是藉著下放，因禍得福，遊山玩水，看了好風景。

我沒有東坡的遭遇，沒有惹到需要小人誣陷，或者偶然有一些小小人的麻煩，不多久也就忘了。覺得好山好水都來不及徜徉遊玩，哪有閑空記掛小人。

東坡是「多難畏人」，我生活平順，但也領悟，好朋友不必太多，好風景也不必太多。心中有幾位好朋友，天朗氣清，會相約去泡湯，已是福氣。這些好朋友，即使多年不見，也都還心中懷念著幾處好風景，更是值得珍惜。

東部大山裡有一處野溪溫泉，有緣一去再去了好幾次，當地人叫文山溫泉。

文山溫泉在立霧溪峽谷深處，從太魯閣口走中橫，過了綠水，一路攀高，兩側崇山峻嶺，路在萬山間迂迴。抬頭是整片看不到頂的斷崖，望下看是深谷急湍，激流飛瀑，好像渾沌宇宙透出一線光亮。特別是夜晚趁月色走燕子口，穿行在峽洞窟窿間，巨岩深壑，蹲伏暗影中，都像虎豹相撲，鬼斧神工。走在這樣的風景裡，覺得要大聲唱歌壯膽。

一路呼呼山風吹來，深谷裡激流轟轟，我的歌聲也山鳴谷應。聽到遠遠回聲傳來，帶著酒氣，好像另一個醉去的自己，顛顛倒倒，行走在對面山峰上。

文山在往天祥的路上，還不到天祥，沒有什麼顯著標誌，窄窄的路，右邊是警察局，左邊高坡上一幢招待所，是以前老總統的行館，形式樸素，有很寬闊的廊，坐在藤椅上，可以眺望山勢。大山裡都是峻嶺峭壁，文山是難得一處平台，可以靜觀山色。

警察局後方，有小路可以直通溪澗深谷。路很小，隱蔽在草叢間。有時陡斜，需要扶牆攀藤。石階常常坍塌崩裂，小路或斷或續，有時要蹲伏而行，從巨岩陡壑下鑽過。

走到半山腰，已經可以聽到溪澗深處像轟雷一樣巨大的響聲，水勢湍急，立霧溪的峽谷又狹窄如一線天，驚濤駭浪的聲音直往上衝，走在陡峭山壁上，覺得腳底都在搖晃震動，好像整座山隨時都要崩解。

攀爬滑行，下到接近谷底，兩山窄處牽有一線吊橋。吊橋不長，十餘公尺。有懼高的朋友，抓著鋼索，閉著眼睛，摸索前行。膽大的人在橋中仰面看山峰飛升而去，一線天上一輪亮晃晃的滿月，整個峽谷都是月光。

過了吊橋，再攀爬約十公尺一段斷崖，有時沒有踏腳處，需要攀繩索下去。下到溪谷，谷底一處巨岩被水掏成大窟窿，溫泉汩汩湧出，可容十餘人共浴，深山峽谷，滿滿的月光，泡得身體發燙，跳進池邊清冷溪水激流中浮沉，大聲呼叫，知道這風景與我有緣，可以一來再來。

——二〇〇四年一月二十六日

夢境無論再美好，不僅不真實，如果一夢再夢，其實也無趣。

竹內

遠在東部深山峽谷裡的文山溫泉，經過幾次大地震，原來像天然浴池一樣的大窟窿，稍有毀損。下到峽谷的梯階，也已崩坍。有一次去，岩壁上釘了大鐵釘，懸著一條繩子，路崩坍了，當地居民照舊攀著繩子下到溪床去泡湯。

在室內泡溫泉的人，很難想像野溪溫泉的趣味。身體被泉湧的熱流包裹拍撫，霧氣氤氳，空氣裡蒸騰著各種礦物和植物的生猛氣息，溪谷巨石間激流急湍，轟然如雷，月光裡，遠遠看去，一尊尊肉身，冒著熱氣，散坐溪床石上，覺得此身難得，好像經歷好幾世劫毀流轉，終於找到了自己。

我懷念文山溫泉，懷念一起在文山泡過溫泉的朋友。多年來，走去天涯海角，都還紀念著溪床中流那一塊石頭，一塊可以端坐冥想可以找回自己的石頭。

太魯閣文山遠在東部深山，離我住的地方太遠，心裡嚮往，卻不是常常能去。

我也在日本泡過溫泉，一次去福岡，日本友人載我去九州山裡一處著名的溫泉，整個山坡布滿十幾個泉池。

日本人分類做得細，每一個池子旁都有木牌，說明該池的水溫、所含礦物成分、治療哪些病症……等等。

印象比較深的是泡完各池之後，山谷溪邊有一竹子搭的茅舍，四面都用竹葉編成圍籬，下面鋪滿蒲草艾草，用熱氣來蒸。

我盤膝端坐，學當地人，頭頂一塊方毛巾，蒲艾竹葉芳香，加上熱氣，覺得自己像一顆端午節蒸熟的粽子。

泡溫泉最特殊的一次回憶是在京都，京都郊外有琵琶湖，湖邊有老式湯屋。我住了幾天，正是初春，天上飛著細雪，少數一、二人，不怕冷，泡在戶外的池子裡，看雪如白細絨毛，靜靜降落，融化在池裡。

池邊三株虬曲盤結的櫻花樹，緋紅的櫻花鬥寒怒放，開成一片花海，花瓣飄落，夾著細雪，漫天飛舞迷離，彷彿夢境。

夢境無論再美好，不僅不真實，如果一夢再夢，其實也無趣。偶然想念一下京都的湯池，想念一下花瓣與雪漫天飛揚的奇遇，心滿意足，覺得還是要安分回來過平凡日子。

我住處不遠，沿著北投、天母、紗帽山、陽明山一帶，一直迤邐到竹子湖、金山的方向，遍布一窟一窟的溫泉。有的名字就用「六窟」「七窟」，使人覺得沿山都是泉口，多到不能計數，乾脆就以數字命名了。

大大小小的自然泉窟，開發成不同的經營方式；有昂貴的豪華溫泉飯店，供專屬的會員渡假使用。也有充滿野趣隱蔽山間的天然泉窟，簡陋質樸，保留較多的原始風味，費用也十分低廉。

文山或京都溫泉都太遙遠，偶爾想念一下即可。我最常去的溫泉都離家不遠，天氣忽然轉冷，或心血來潮，朋友相邀，二、三十分鐘就可以到達。我喜愛這種不太困難就可以得到的生活享樂，好像過的只是平凡日子，但每次泡在熱騰騰泉水中，滿山草樹芳香襲來，看著自己身上熱氣化為縷縷輕煙飛去，覺得可以如此平凡過日子，才是真正的奢侈。

最近常去的一處溫泉在紗帽山，隱蔽在竹林內，去的人不多，泉池不大，僅容四、五人。泉水用竹筒盛接，池上一張黑網，四角繫在樹上，用來兜住落葉。湧泉豐沛，嘩啦啦日夜不斷，因此水質特別清澈。坐在池裡，眺望山下城市繁華夜景，知道繁華處正自喧鬧，卻於我無關。

——二〇〇四年二月二日

卷四

春日

泡大眾池，一面泡湯，一面欣賞觀察眾人的身體，其實樂趣無窮。

眾生

溫泉泡湯，我喜歡用大眾池，個人池多在室內。空間狹小。有時沒有窗戶。空氣流通不好，泡不多久，容易氣悶頭暈，失去到山林泡溫泉的野趣。但是文明久了的城市人，往往對自己的身體有莫名的緊張。不敢在眾人面前暴露。大夥人上山泡湯。總要開幾間個人池。供害羞者用。

泡大眾池，一面泡湯，一面欣賞觀察眾人的身體，其實樂趣無窮。

紗帽山下，天母、北投交界處。有硫磺谷。方圓一、兩公里，空氣中都是濃濁嗆鼻的硫磺味。靠近深谷中心，草木不生，附近岩石都染硫磺，呈鐵銹色。

多年前硫磺谷有一處天然溫泉，免費供大眾使用。牆壁上釘了木牌，毛筆字簡略書寫捐款者的姓名，捐款多少。數目不大，多是五百、六百，後來我知道捐款者多是附近登山健行的早覺會成員。他們從職場退休，兒女也都大了，每日清晨四時起床，相約爬山，走完山路，就下到谷底泡湯。日子久了，他們集資修繕湯池，做了簡單設施，運來舊的家具，泡完湯，乘涼烹茶閒聊，婦人有善客家小調者，歌聲嘹喨悅耳，男子不甘示弱，便詠日本和歌，我不懂意思，但覺聲調慷慨。

這一處溫泉，任何人都可以來，但因為多了這些老前輩，也就比別處多一些規矩。牆上的木牌除了捐款紀錄，也列了幾條衛生公約，諸如：毛巾不可入池，入浴浸泡前必須沖洗身體，不可在池內搓洗擦背……等等共浴的一些禮貌常識。附近有高中大學，年輕人做夥泡湯，興奮過度，脫了衣服，一躍入池，水花四濺。那唱和歌的男子先以目視，見無效果，便以低沉嗓音出聲制止。老先生威而不怒，教導年輕學生，一排蹲在池邊，用小盆舀水，依序沖洗腋下、兩胯、臀部、腳趾，沖洗完畢，安靜入池。我當時正在附近大學教書，看到老人在池邊教導後生規矩，覺得慚愧。

大眾浴池是領悟人體最好的地方，學美術的人要畫模特兒，但學校的人體課常常只侷限在年輕男女身體的觀察，缺乏對人體做更深刻的開拓。我在大眾浴池看到的人體來自各種不同階層，看久了，勞動者、上班族、富貴者和困苦者，憂慮者或個性開朗的人，都一目了然。上了年歲的人。日積月累。身體像衣服。都有自己的風格。有的可能中風重病之後。長期和病痛相處，身體形成獨特的平衡牽制。有老人痀瘻著手腳，艱難行走，脫衣服、舀水、入池，步步蹣跚，卻也步步謹慎，看起來歪斜，其實端正莊嚴。使我想到古老大樹，屢遭風雨斧斤摧折，卻還能長出新的姿態。古畫裡愛畫這種樹，彷彿青春雖美，但未經歷練，虛有其表，不如老樹頑強虬勁。

一日遇一壯漢，喝醉了酒，一臉紅赤，看起來像金剛。他脫了衣服，從雙肩以下，一直到小腿肚，渾身刺青，密密麻麻，像美麗織錦。他入池浸泡，老人告誡：「喝完酒，不宜泡湯。」壯漢瞪視老人一眼，並不理睬。十餘分鐘過去，老人再次告誡：「泡太久，頭會暈。」壯漢閉目不言語。那天浴池特別安靜，好像預料大難臨頭，有人悄悄離去，也有人向老人使眼色，似乎嗔怪老人多事招惹。三十分鐘後，壯漢出池，才走兩步，忽然傾倒在地，大家驚慌不知所措，老人嘆口氣，搖搖頭，痀瘻蹣跚上前料理，在壯漢頸脖胸背間拍撫揉搓，待壯漢甦醒。

在大眾池泡湯，覺得是與眾生共浴，少了許多肉身的好惡是非。

——二〇〇四年二月九日

我與這些肉體共浴，看各家練功法門，知道肉身艱難，學會了敬重。

肉身

現代的人體美學，大多受古代希臘美術影響。希臘在公元前七七六年的競技運動場，已經在奧林匹亞地區發現。

運動場依山而建，利用四周平緩的斜坡做觀眾席，也就是希臘圓形劇場的前身。競技不只是單純體能訓練，競技主要是為了酬神，因此活動項目也包含詩歌詠唱，戲劇舞蹈演出。在奧林匹亞運動場周邊，廢墟中甚至也整理出了神殿、圖書館、哲學論辯教室的遺址。

我在那些遺址間徘徊，想到柏拉圖不僅是大哲學家，也是摔角競技的高手，古代希臘在體能和心智教育之間的平衡，也許才是樹立人體美學的關鍵吧。

去不同的溫泉泡湯，看到的人體肉身也非常不同。

近二十年台灣經濟的發展，產生像台北一類典型的現代都會。傳統市鎮人口湧入大都市，成為工商職場中的上班族，在都市賃屋而居，或貸款買一戶小公寓。都市空間狹小，工作壓力也大，競爭激烈，現代上班族的心理困境不容易抒解。離開職場以後，如何放鬆自己，如何休閒，成為現代都會男女的重要一課。

台灣都市近幾年新興的健身行業，顯然是為上班族的休閒生活而設計。健身房用希臘偉人命名，貼出的廣告也都是希臘雕像模式，胸肌腹肌三角肌，有一定的機器幫助，可以在短時間訓練出健美的身體。

台北北區最近都會的邊緣，沿著磺溪上游硫磺谷，也新興十數家溫泉餐廳，廿四小時營業，到了週末假日，滿坑滿谷的人，大片山谷停滿車子，比市中心還要熱鬧。我經友人引帶，去過幾次，湯池的設計比較新穎，有冷泉、熱泉，也有水療的SPA、蒸氣室或烤箱，當然收費也比傳統浴池要貴。

來此泡湯的消費者，多是年輕上班族，大約也都是上述健身房的會員，泡湯時展露一身鼓鼓的肌肉，使我大開眼界。

儒家文化影響，一向不重視人體，故宮博物院看不到幾張以人物做主題的繪畫，更不可能有裸露肉身的描繪。這些新興健身房出來的肉體，雖然有些速成，偶爾也有點虛張聲勢，但是從整個文化對人體的重視而言，這個趨勢的確使人一新耳目，當然，如果浴池邊能有一個小小的閱讀空間，速成的肉體之外，也能有豐富的頭腦思維，不至於語言乏味，那就更加完美了。

也許是年齡的限制吧，我懷念的還是傳統老式溫泉浴池的肉體。肉體使人記憶，通常是因為有獨特的個性，有不可取代的自信，有自我滿足的生命內涵，所以可以圓融自在。

傳統溫泉浴池裡的肉體，大概全都不合古希臘的標準。他們臃腫肥胖，或瘦骨嶙峋，千奇百怪，像許多不同生態的植物或動物，一個脖子長出許多腫瘤瘰癧，像頑強的樹根，另一個得了帕金森症，手腳抖動抽搐，看來驚心動魄，好像狂風暴雨中的大樹，但他怡然自得，好像與病痛災難已相安無事。

到了中年，這些肉身，快樂或不快樂，都找到了和自己和平相處的方法，這些方法，看在他人眼中頗為奇怪，第一次看到有人用背猛力撞牆，我大為驚恐，共浴的人平靜地說：「他在練功。」

日子久了，各種練功法門陸續見識到。有人齜牙裂嘴，有人兩腳雙盤倒立，有人搥胸頓足，有人如狼嚎，有人扭腰，有人撅臀放屁，撞牆竟是最正常的練功。

天寒地凍，我與這些肉體共浴，看各家練功法門，知道肉身艱難，學會了敬重。

——二〇〇四年二月十六日

「美」好像是心裡埋藏很久的記憶，擱置在角落，連自己也忘了，卻忽然被觸動。

品味

「美」這個字，在日常生活中，用到的機會很多。覺得一個人很美，一片風景很美，讀一首詩，看一幅畫，聽一段樂曲，心裡感動，也都可能說：「很美」。

《說文解字》從字源上注解「美」，把「美」上下拆開，解釋成「羊大為美」。

近代研究美學的學者，有人認為，「羊大為美」，指的是人類最初吃羊肉的快樂。「美」這個字，因此應該起源於味覺。

這一派學者的理論，到目前為止，並未獲得美學界一致的同意。一般人也以為，目前我們用到「美」這個字，還是有比較多「精神」「心靈」的內涵。覺得一個人很美，覺得一片風景很美，欣賞繪畫，聆聽音樂，心情上愉悅豐富的感覺，似乎與「吃羊肉」的快樂有所不同。

「美」這個漢字，由「羊大」二字合成，是否與吃羊肉有關，在美學領域還有爭議。

我們凝視一個人，覺得這個人很美，他的一顰一笑，都變成牽掛，有時對方並不知道，只是自己私下欣賞，心裡也滿足喜悅。我們面對一片夕陽，看到西天上剎那間色彩燦爛的變化，我們看到的彷彿不只是風景，也同時看到了所有生命完成自己時的莊嚴。春天走到山上，看到滿山花朵的綻放，忍不住歡欣鼓舞，想放懷盡情大叫幾聲。偶然在寧靜夏夜海濱，一抬頭看到滿天繁星，心中忽然好像被許多喜悅驚訝充滿，竟然可以熱淚盈眶。

許多生命中的美，並不是物質，沒有實際利益，但是，情動於中，留在記憶深處，久久不能忘卻。

「美」好像是心裡埋藏很久的記憶，擱置在角落，連自己也忘了，卻忽然被觸動，深藏底層的生命，一時被呼喚了起來。

吃羊肉，當然有快樂，不只吃飽肚子，也在口腔間留有許多滋味。但是，「吃羊肉」的滋味，畢竟與許許多多內心深處極其複雜的心靈變化有所不同。近代美學因此更精細地分別，把口腔上官能的快樂稱為「快感」，心靈上豐富的滿足才構成「美感」。

孟子說：「充實之謂美。」的確，「美」使生命充實了起來。

一個人，如果在飢餓的時候，吃一頓羊肉，無疑是非常大的快樂。空空的胃，被食物充滿，一定也是「充實」的滿足。但是太過飢餓的時候，狼吞虎嚥，甚至飢不擇食，就只有器官上的充實，可能連口腔上的滋味都品嘗不出。

「品嘗」，因此並不等於「吃飽」。

物質缺乏，太過飢餓的社會，人如同動物，只滿足生存最基本的需求，「吃到飽」其實無可厚非。但是，人類在脫離飢餓階段之後，一直停留在「吃到飽」的滿足，口腔中所有複雜的味覺潛能都無法開發。吃得粗糙野蠻，品嘗不出酸甜苦辣鹹的豐富變化，也就品嘗不出五味雜陳的人生況味。

西方人講一個人的生活品質，常常用到「taste」這個字，中國從東漢以後，特別重視「品」；欣賞詩的書叫「詩品」，欣賞畫的書叫「畫品」，評論人物言行舉止性情，叫做「人品」。「品」，也就是「品味」。「品味」兩個字都與「口」有關，但已不是用來「吃到飽」的「口」。

「品」如果不是一個口，而是三個口，一定是口腔的味覺已經有了不同層次的需求。生活有品味，生命有品味，還是要有比「吃到飽」多一點的精神心靈上的滿足吧。

一個人沒有「品味」，即使財大氣粗，仍然是精神上的窮人。一個社會，沒有「品味」，物質越富有，精神越是困窘空虛。

——二〇〇四年二月二十三日

喜歡酸味大概是迷戀憂傷的開始吧。
甜味變酸，好像是幸福失去之後的悵惘。

甜酸

「品味」兩個字，直譯也就是「品嘗味覺」。

把糖放在口中，以舌尖為主，整個口腔會蔓延起一片甜的滋味。我有朋友嗜好巧克力糖，得到一盒比利時製新鮮巧克力，如獲至寶。我喜歡看她慎重把糖放入口中，抿嘴微笑，臉上洋溢難以形容的幸福表情。她後來吃糖太多，受醫生警告，必須節制，她還是在冰箱放一盒最好的巧克力，忍不住時拿出來看一看。她說：「奇怪，連看一看，也會笑起來。」以後有學醫的朋友告訴我，某些糖中的確有使人亢奮的成分，可是她沒有吃，只看一眼，都覺得幸福，顯然又不只是生理反應。

在不同的文字語言中，「糖」「甜」都有引申為「親密」「愛」或「幸福」的意思。把自己親密的愛人叫做「甜心」，是用生理口腔中糖的甜味記憶，比喻心理充滿愛意的幸福感吧。

好像美國人最喜歡叫人「甜心」，美國的食物也最甜。甜是幸福，但是在美國住，總覺得甜味氾濫，幸福滿溢，有點膩人。食物和文化都過甜，也許是歷史太短的緣故吧。小孩子大多喜歡吃糖，人生才開始，天真無邪，甜味就像是童年的無憂無慮。

我的童年，食物不多，一碗白稀飯，攪上白糖，一顆糯米粽沾細白砂糖，甜味加稻米香，回味無窮。有長輩從美軍福利站弄到一包加奶油的「白脫糖」，母親置之高閣，功課做完，或考試高分，才獎賞一顆。童年時，糖就像神蹟。我去教會聽聖經，耶穌顯奇蹟，變出五餅二魚，我總覺遺憾，怎麼沒有變出一包「白脫糖」。

甜味是人類最初感受到的味覺快樂吧。

年長以後，酸、辣、苦、鹹、臭，經歷人生諸多況味，看到孩子伸手要糖，只知道甜味美好，我雖心疼，卻願意縱容。

甜的東西，放久了，常會發酸。感覺酸，多在舌頭兩側。

小時候愛吸手指，母親就在我手指上塗了醋，我一吸，酸到皺眉縮肩，母親大笑。吃水果怕酸，總要看別人先吃，知道不酸了，才敢嘗試。姊姊那時候十幾歲，已是少女，卻嗜酸如命。她整天含著酸梅山楂一類酸漬食物，鳳梨芒果也都要挑青澀未熟透的吃，取其酸味強烈。吃麵也用醋調味，我那時不能了解，怎麼有人會喜歡酸味到如此地步。

甜味如果是純粹幸福的陶醉，酸味似乎多了一點憂愁。

在姊姊之後，我逐漸也懂了酸的滋味，開始喜歡起「酸」在味蕾上帶一點刺激的清醒。我已經讀中學，發育了，有一些身體上的變化，有點害怕，又不願與他人分享。喜歡孤獨，喜歡看似懂非懂的書，歌德的《少年維特之煩惱》，總拿在手上，很久都以為是《少年維「持」之煩惱》，覺得有書可以教人「維持煩惱」，真是太棒了。

喜歡酸味大概是迷戀憂傷的開始吧。甜味變酸，好像是幸福失去之後的悵惘。西方常有諷刺性的「酸蘋果獎」，中國古代常用「酸」形容文人失意落魄的委屈，有著一點對幸福甜味的忌妒不平。

料理中常常糖醋並用，甜味加上酸味，混合了幸福與憂愁，好像更接近人生的滋味。

我懂得酸味的豐富時，才十幾歲，母親已過中年，她那時嗜吃辣椒、苦瓜，而且要加上發臭的豆豉鹹魚乾爆炒，苦、辣、臭、鹹，我掩鼻而過，還不能領悟她的人生滋味。

——二〇〇四年三月一日

我們一樣追逐美，追逐流行，追逐品牌，只是沒有機會反省，後代如何看待此時風尚。

風尚

我在土耳其參觀了一家絲織地氈工廠，看到他們示範，把一顆蠶繭用水煮開，從繭中繅出一根細絲，越拉越長，示範的人說：「一顆繭，可以拉出一公里長的絲。」我們目瞪口呆，示範的人說：「蠶繭是從中國傳入。」他於是告訴我們「絲」原來是中國的產業祕密，六世紀時，一位公主嫁去拜占庭，把蠶繭藏在頭髮裡帶出去，養蠶繅絲的方法才傳入西方。

唐代運送「絲」到西方，開拓出一條「絲路」，是世界史上最偉大的一條產業道路。唐代畫家張萱畫有一張〈搗練圖〉，原畫佚失，宋徽宗監督的一幅摹本，現藏波士頓美術館。畫中描繪宮廷搗練、繅絲、縫紉、熨平，種種與紡織有關的工作，不僅是一件美術傑作，也是唐代織品產業的重要史料。

蠶絲的歷史似乎追溯到神話時代，傳說中的嫘祖，看蠶吐絲，竟然織出尺素，創造了人類最重要的服裝文明。

不僅看蠶吐絲，蜘蛛結網，也啟發了人類的紡織靈感。古代民間，女子每逢七月七日，向天上織女星乞巧，希望做出最精巧的織品，乞巧儀式的道具中就有蜘蛛一項。

通常想到衣服的功能，總會首先想到「禦寒」。茹毛飲血的時代，天氣寒冷，把動物皮毛圍在身上，可能是最初服裝的開始吧。「禦寒」是很實際的目的，除了「禦寒」之外，衣服的功能也包含了「蔽體」。像歐洲古代男女裸體雕像，在下體私處放一片葉子，當然沒有禦寒作用，只是為了遮蔽身體某些不該看的地方，用現代俗語，就是不「露點」。「露點」屬於道德議題，直到今天，衣服露不露點，還是眾人樂於談論的大事。甚至特別設置機構，專門檢查「露點」。道德議題變成法律規範，衣服在人類歷史中，逐漸被附加了許多複雜的社會價值。「佛要金裝，人要衣裝」，民間俗語很早說出了兩者間的重要關係。

古代社會把服裝定出嚴格的階級，「萬國衣冠拜冕旒」，「冕」是皇帝頭上的平天冠，「旒」是冠上垂下的珠串流蘇。「衣冠」成為社會階級身分的定位，我們口中說的「紳士」，「紳」這個字，也來源於上層官場男性腰上佩的垂帶。

越是文明的社會，服裝越可以玩出千變萬化的花樣。

歐洲十八世紀流行洛可可風，男人一頭銀白假髮。髮捲一條一條，像彈簧，一動作就上下顫動。臉上也時興貼滿假痣，法國幾個國王的畫像，一脖子蕾絲花邊，紅色鑲鑽高跟鞋，不知道歷史背景，通常會誤以為是一代名妓。

國王內心深處希望自己是妓女，很夠頹廢，那時正是啟蒙運動思潮，卻很少有人認為，國王嚮往妓女，也是種人性解放。

洛可可風的女性服裝也有趣，流行豐乳細腰。服裝的設計要把腰勒細，乳房往上堆擠。學者研究，許多女性動手術，截去肋骨下段，把腰綁成十七吋，再用鯨魚骨製成繃架，加大臀部。因為腰勒得太細，內臟都擠在上胸，氧氣不夠，常常暈倒，所以手上拿東方摺扇，帶著嗅鹽，隨時急救；服裝史是一環扣一環的。

許多人對歐洲洛可可時代女人的風尚不以為然，但是不要忘記，一百年前，台灣稍有身分的家庭，也還保留女子纏足的習慣。從小把腳用布纏緊，阻止腳長大，巴黎人類學博物館有中國小腳X光拍攝紀錄，腳部骨骼蜷曲一團，令人作嘔。纏足或截斷肋骨，現在看來都滿可怕，當時卻是風尚，是服飾流行，是大眾公認的「美」，沒有人敢違抗。

我們一樣追逐美，追逐流行，追逐品牌，只是沒有機會反省，後代如何看待此時風尚。

——二〇〇四年三月八日

驚蟄

我喜歡古人說的「布衣」兩個字，春暖以後，穿著布衣，看街上花花綠綠綾羅綢緞，繁華耀眼，真是人世風光。

布衣

衣服原來只有「禦寒」「蔽體」這些基本目的。隨著人類社會的複雜化，服裝發展出階級、種族、性別，各種文化特徵，成為定位個人社會角色最重要的符號。

我們常常不知不覺，在用服裝判斷一個人的身分。判斷這個人有錢或沒有錢；判斷這個人是保守的人，還是前衛的人；判斷這個人高尚或下流，做事有魄力，或優柔寡斷；有獨立見解，或人云亦云；甚至判斷這個人是好人或壞人。服裝像動物身上的皮毛爪牙，傳達著一定的訊號。

西方用「白領」「藍領」區分社會階級。趨勢專家，用女性流行長裙短裙，判斷社會大眾心理渴望穩定或希求變革。紐約大都會美術館有「Man in Skirts」特展，探討為甚麼近代女性服裝大量學習男性，而相反地，男性服裝卻沒有向女性學習。我在現場，看到各種男性穿起裙子的展示，的確引發我對服裝在文化符號上的深刻思考。

長久以來，服裝成為定位個人的標誌。好像從內在世界去了解一個人太困難了，用服裝來分類要簡單得多。因此，每一個人，不知不覺，都穿上了制服。每一種服裝，事實上，也都是不同程度的制服吧。

做學生的時候，學校有規定的制服。圓盤帽，土黃卡其上衣長褲，左胸要繡上學號姓名。戰後台灣，全國備戰的氣氛下，學生制服，其實是軍隊服裝的擴大。制服當然有方便管理的意義，最主要在讓人容易辨識。

醫生、護士有制服，代表職業給人的信心吧，用服裝來加強專業的說服力。警察、消防隊員，執行任務時也穿制服，西方法官律師常常在法庭穿著特別的制服，都有相同的功能。不同教派的神職人員也大多有規定的制服，神父、修女、和尚、道士，在社會裡扮演一定的角色，也需要有容易辨認的服裝來做身分的歸類。

在台灣戰後受教育，穿著像軍人的制服長大，頭髮也剪成一樣，遠遠看去，每個人都沒有差別，無法思考自我特性。我因此對制服一直懷有偏見，覺得制服是泯滅個性的殺手。監獄的犯人剃去頭髮，拿去名字，穿上制服，只有一個編號，制服有消除一個人自我個性的功能。

政治上的獨裁者，都有推廣制服的能力。希特勒時代，納粹的制服使人印象深刻。毛澤東最厲害，幾乎使十億人穿一樣的衣服，任何名牌時尚的流行都望塵莫及。

民主社會，政治人物妄想藉服裝鞏固個人權力，已經越來越難。人民自我意識提高，政治服裝，無論如何包裝，還是讓人警惕，也因為動機實在不美，穿在身上，只有徒增愚蠢。

美是和諧，並不是一致。和諧基本的條件是個體的不同，音樂裡的「和諧」是不同音符聲調的配合，繪畫裡的「和諧」是不同色彩構成的互補關係。

我的一個朋友很喜歡制服，反駁我的看法，他認為制服給他「團體」「友愛」的感覺。經過他的提醒，我修正了對制服的偏見。我排斥的制服，應該是指被他人強行規定的服裝，是指沒有獨立思考、附庸團體的服裝，是沒有自我、不敢表現獨特個性的服裝。

當然，昂貴的「名牌」也同樣可以是一種制服。用政治權力造就的「制服」和用昂貴名牌標籤造就的「制服」，同樣是懶於思考的結果。

我喜歡古人說的「布衣」兩個字，春暖以後，穿著布衣，看街上花花綠綠綾羅綢緞，繁華耀眼，真是人世風光。我又想像「兩袖清風」的自由自在，或許，穿得自在，也就有了風格吧。

——二〇〇四年三月十五日

春雨連綿，麻雀會來屋簷下避雨，他們不多久飛去，再來時口中啣草。

吾廬

春雨連綿不斷，幾隻麻雀飛來簷下避雨，停棲在我窗台。不到一尺距離，我停下工作，細看麻雀轉頭顧盼，小心翼翼，抖擻身上雨珠。我不確定，牠們是否看懂我臉上微笑，逐漸沒有戒心，一步步靠近，與我相對凝望。

想起陶淵明的詩「眾鳥欣有托，吾亦愛吾廬」，麻雀暫來屋簷下託身，使我一時眷愛起自己的家。

童年住在城市邊緣，家的四周是菜田。走在田陌間，菜花招來蝴蝶飛舞。清溪水渠環繞，水聲嘩嘩。腳步踏過，青蛙紛紛跳入水中。我低頭看，濁水澄清處，水上漂著浮萍、菱葉，水底密聚螺螄、蚌殼、蛤蜊。

菜田邊一排四棟黑瓦平房，是省政府宿舍，我家是第一戶。斜屋頂，洗石子灰牆，竹籬圍繞一圈。因為是邊間，院子特別大，種了許多植物。柳樹、扶桑、芙蓉、番石榴高大枝椏橫伸出竹籬，常引來路人攀折；低矮的草本花卉有海棠、美人蕉、雞冠花、雛菊，菜圃裡還有母親種的番茄、茼蒿、蕹菜、辣椒、茄子。紅嫣紫翠，顏色紛紜，一年四季都好看。

每日下課，回到家，幫忙餵雞餵鴨是我的工作。我先跟姊姊去池塘，用竹篾編的籮撈浮萍，再隨哥哥去溝邊挖蚯蚓，這兩樣都是餵鴨子的食物。黃昏以後雞鴨鵝都回家，各在院子占一角落，相安無事。偶然一隻公雞跑去追鴨，母親厲聲喝止，罵道：「做雞也不安分！」母親語言挺奇怪，我聽不懂，公雞卻似乎知錯，低頭回到雞群，乖乖臥下不語。母親高興，便讚美：「比人還懂事。」

我家養了雞鴨鵝，沒有養豬。附近鄰居幾乎家家養豬，家門口都置一土甕，用來盛裝廚餘餿水。後來我才知道，「家」這個漢字，象形著屋頂下養了豬。漢代墓葬出土最多豬圈，豬圈形式不一，方的圓的都有，造形稚拙可愛。一隻肥大母豬，躺在地上，五、六隻小豬仔趴著吸奶。漢代綠釉陶製作的豬圈、水井、灶間，洋溢著生活的幸福感，使人領悟，「房子」並不等於「家」。「房子」只是硬體，「家」還是要有人的生活內容。現代城市的建築，無論多麼富麗堂皇，不知道為甚麼，總讓我覺得，屋頂下常常少了內容，「家」變成空的殼子。

農業時代，屋頂下總要豢養點牲畜，才像一個家。灶間總要鍋碗瓢盆，有點柴米油鹽氣息，才像一個家。現代工商業社會，屋子裡豢養牲畜當然困難，工作忙碌，家裡自己開伙的也越來越少。我常常在想，如果再造現代漢字的「家」，屋頂下應該放進甚麼內容？屋頂下是否至少應該有個「人」呢？我不敢確定。

許多講究的住宅設計，總讓我覺得是一個櫥窗，櫥窗只需要在外面觀賞，並不需要生活，不需要有「人」做內容。一個朋友邀我看她的家，說是「極簡」風格。我走進廚房，進口的廚具簇新，外層的護膜還在；我又走進衛浴間，全白的顏色，從天花板到地面，乾乾淨淨，鍍金的水龍頭發著冷冷的光。一面很大的鏡子，映照出我和主人的臉。我問主人：「在這裡住了多久？」她想一想，說：「兩年了。」聽起來好荒涼。

我沒有說甚麼，我懷念起自己的家，懷念起小時候種滿花樹的家，和雞鴨一起長大，黎明時會被殺豬的淒厲叫聲驚醒。我也懷念起現在的家，窗外有一條大河，月圓時會在窗台打電話給遠方朋友，要他抬頭看一看月亮。

春雨連綿，麻雀會來屋簷下避雨，他們不多久飛去，再來時口中啣草，在簷下隱蔽處跳躍忙碌，似乎決定此處是可以安身的處所。

——二〇〇四年三月二十二日

我咀嚼著「囚」這個字，開始有點憂傷，但也隨即領悟，「囚」首先必須要懂得與自己相處。

城市

以前有人嘲笑上海人，講究穿著，錢都花在穿戴上，一旦掉進臭水溝裡，全部家當都毀了。

這顯然是農業社會對城市人的譏諷。農村居民日日勞動，不可能講究衣服，不能理解城市人為甚麼要穿得漂漂亮亮。城市人口大多是工商業職場上班族，服裝必然成為每日與人接觸的第一印象。名牌服裝店，也多開設在城市中產階級密聚的社區。食衣住行，隨著一定的經濟型態演變，不是個人主觀可以左右。不同的社會背景，不同的經濟條件，產生不同的生活美學，原沒有好與不好的問題。

工商業發展的初期，農村人口嚮往城市，流行歌〈孤女的願望〉耳熟能詳，那個提著行李，站在田邊，詢問「繁華都市怎麼走？」的少女，正是加入城市職場最早的成員。她離開農村，在城市找到棲身所在，租了一戶單身公寓。她最初幾個月的工資，一定先用來買新衣服，脫去小碎花布的裙子，換上剪裁合身的套裝。去美容院剪掉兩條辮子，整理出新髮型。她把自己打扮得光鮮亮麗，先從服裝上改變自己，但是，可能還不會特別講究住宅空間設計，因為這個「家」只是租來的房子，也不會有甚麼訪客。她的房間裡可能堆滿各式泡麵，除了和同事上餐廳，回家也絕少開伙。上班族的吃，大多是速食，也很難有所講究。

工業革命，城市發展初期，食衣住行，都受到巨大的衝擊。我的童年，母親通常是全職的家庭主婦。一把青菜可以摘去蟲葉，抽去老的筋絲，一片一片在水下沖洗。一條魚，刮去魚鱗，剔掉鰓，加薑絲，用小火慢慢煎烤。一件襯衫，用肥皂細細搓洗袖口領子。記憶裡，母親一整天都在忙著家事，家事也就是細緻生活的學習。

我對童年吃過那把翠嫩的青菜，那條煎到透黃香酥的魚，那件穿在身上感覺到日曬溫暖的襯衫，都心存感謝。也同情比我小一代的人，已經無法享受我的福分。但是我並不懷舊，我知道不僅懷舊於事無補，從更積極一面來看，不同的社會條件，也應該可以締造出獨具特色的文明。

男性女性同時走入了職場，「家」需要新的內容。都市空間的限制也改變了傳統大家族的生活模式。三代、四代同堂已成夢想，洗衣機、洗碗機、吸塵器、電鍋、微波爐各種發明，要解決人類在家裡的勞動負擔，要讓機器分擔人類的家事。但是，沒有想到，人類已經不再想回家了。「家」好像是現代科技的展示中心，甚麼設備都有了，然而沒有人，一切的科技都只是擺設，「家」反而更荒涼了。

單親的家庭越來越多了，單身，或不固定的伴侶關係，也越來越多了。城市的住宅空間，三房兩廳的小家庭空間設計，轉變到更多小套房形式的出現，社會隨經濟形態轉變的倫理關係，主宰著食衣住行的美學走向。

城市其實是非常寂寞的地方，每一個小小的空間，囚禁著一個人。「囚」這個字，一個框框，裡面一個人，很象形的字。城市常常使我覺得是重重疊疊的「囚」，高高低低的「囚」，前前後後的「囚」，「囚」變成了城市空間的基本單元。框框裡的人，想走出去，不在框框裡的人，卻想盡辦法，想擠進框框，好像擠進框框就安全了。

我咀嚼著「囚」這個字，開始有點憂傷，但也隨即領悟，「囚」首先必須要懂得與自己相處。現代城市的新倫理，在急切地與他人溝通之前，或許應該先學會回來和自己相處，學會獨處的樂趣吧。

我的城市常常被批評為醜陋的城市，但我沒有選擇，我決定愛她，我要走出去，看春天路邊的行道樹，看陽光下小葉欖仁剛發出來翠綠的嫩芽。

——二〇〇四年三月二十九日

因為可以慢慢步行，有了崇高的宗教，有了深沉的哲學，有了悠揚跌宕詩歌的詠唱。

遲行

一條路上，間隔不遠，一株盛放的木棉花，使我停下來，抬頭看了好幾次。樹幹直挺聳立，樹枝平平伸展出去，像手臂，承接著一朵一朵赭黃橘紅的花。仰頭看，整株木棉像一支盛大的燭臺，滿滿一樹花朵，豔紅鮮黃，像明亮燦爛的燭光火焰，一齊點燃，在陽光下跳躍閃爍。春天的城市，像被節慶祝福，路過的行人，也都感染到喜悅。

有些路人或許有急事要辦，匆忙走過，無法注意到這個季節木棉花的盛放。我正低頭看地上落花，聽到他們腳步聲急急走來，趕快讓開，怕阻擋了他們的去路。

我很喜歡東方園林建築裡的亭子，空間不大，四面無牆，只是暫時供人停留。在山水畫裡，亭子常常只是一個小點，或在水邊，有扶欄可以倚靠，看水流低迴，浮沫此起彼落；或在山路迂迴的平台，眼前豁然開朗，可以遠觀山色，眺望大河浩蕩。

「亭子」就是「停」的暗示嗎？行走盤桓在長長的路途上，我希望前進的速度更快嗎？還是我要學習懂得如何停留，懂得在路旁的亭子稍做休息，四處瀏覽，而不只是匆匆趕路。

如果人生是一條路，從生到死，我希望這條路是高速公路，一通到底，快快走完嗎？或者，我更希望在這條路上，可以多一點遲延，多一點迂迴，多一點過程，多一點停留。

人類最早只是步行，步行的空間範圍很有限。把台北市舊的北門、南門、西門、東門，四個城門連接起來，也就是原來城市步行走出來的尺度。不只是台北，所有以步行速度規劃的城市空間，範圍都不會太大。歐洲許多老城市，像義大利的席耶納（Siena）、翡冷翠，西班牙的托雷多（Toledo），都還可以完全用步行遊覽。老城市的巷弄，彎彎曲曲，高高低低，本來就是居民長久用腳走出來的路。

步行可以達到的空間範圍不大，步行的速度緩慢，人類慢慢走著，在步行的速度裡思考，隨時停下來，觀察季節的變化，看天上星辰移轉，等待太陽落山，整理自己的思緒，反省自己生命的狀態，探索宇宙的現象，思維信仰的價值。他們一步一步走著，好像步行的節奏成就了思維的節奏，因為可以慢慢步行，有了崇高的宗教，有了深沉的哲學，有了悠揚跌宕詩歌的詠唱。

或許，我們已經遺忘，人類最初的文明，是在漫長步行的路上，一步一步，緩慢行走出來的結果。

我的腦海裡，常常有一些步行隊伍的畫面。在古老的印度，修行的僧侶，手上捧著缽，一步一步走在塵土飛揚的路上。走到河邊，洗腳沐浴。洗完腳，在樹下鋪了座位，靜靜聆聽佛陀說法。

我步行去了恆河邊的鹿野苑，也步行去了已成廢墟的那蘭陀，在玄奘讀書的經院，體會步行者思想的節奏。我在雅典衛城鋪了大理石板的山路上徘徊遲行，想像古希臘的哲人如何一邊走，一邊議論哲學。他們的步行也好像一種邏輯，每一步都條理分明。荷馬的吟詠唱嘆，流傳在城市的街道上，他失明的雙眼，看不見路，手裡的棍子，一點一點，也都是步伐的節拍。

我步行走去灞橋，黃埃漫漫，彷彿還聽得到橋下流水，橋邊楊柳依依，送別的人與告別的人緩緩走來，送別和告別，時間都很長，可以折一段柳枝做紀念，可以勸君更進一杯酒，可以吟詩唱和。彷彿因為步行，也就多了許多心事。「門前遲行跡，一一生綠苔」，李白說的是男子離去後地上的腳印，女子在門前凝視，腳印一步一步，一天一天，長滿了綠苔。那些遲行的腳印，走得那麼慢，走在歲月裡，走出了眷戀，走出了不捨，走出了思念，走出了感謝與珍重，走出了文明的厚重綿長。

——二〇〇四年四月十二日

我們已經忘了，「緩慢」也是一種速度，「迂迴」「婉轉」也是一種抵達的方式。

速度

我走過一條古道，從台北盆地基隆河河谷，翻山越嶺，一路步行，走到蘭陽平原。記得是先坐火車到鐵路支線的侯硐、貢寮。這一帶原來有興盛的煤礦產業，我去的時候，產業已經沒落，礦坑廢棄，居民多已外移。從基隆河谷地向上走草嶺，山路迂迴，一段一段攀升，沿路少有住家。遠遠望去，一條長長的黃泥土路，穿行蔓延在草叢樹林間。走到一定高度，可以回頭看山下長河，蜿蜒流去，河谷山坡上還看見一排排昔日礦工的工寮住宅。

這是初民用步行走出來的路，我亦步亦趨，感覺一條路被人的雙腳一步一步走出來的記憶。走到較高的地方，雜木叢生，藤蔓交錯，路旁有巨石，石上刻著「雄鎮蠻煙」四個大字，書法渾厚雄強，早期漢族移民行走至此，前途茫茫，膽顫心驚，這四個大字或許可以給孤獨的行路者壯一壯膽吧。

草嶺古道走到最高處，巨石立碑，碑上大筆狂草一「虎」字。此處正當山路隘口，兩旁沒有雜樹，大片草坡，強勁海風，幾萬里吹來，風吹草偃，加上石碑虎字，直覺氣壯山河。山路盤桓草叢間，一直下降到蘭陽平原，田野平疇，都在腳下，視覺開闊，可以遠眺到海，好像險境都過，前途豁然開朗。

一條步行的路，慢慢走來，可以有許多過程，也有許多心境。

步行當然有步行的辛苦，許多年前上玉山，走的是八通關古道，同行年輕夥伴輪流幫我揹背包，減輕我身上大半負擔，那條路還是走得十分艱辛。在春雨連綿裡過父子斷崖，同伴告訴我斷崖陡峭，下面萬丈深淵，親如父子，到此也無法援救。下山後，大腿小腿痠痛多日，身上許多處肌肉長久不用，步行走一次山路，才感覺到它們的存在。

人類現代文明，不斷把險路開拓為平坦大路，把迂迴彎曲的路，變成筆直的高速道路。道路的設計，道路的施工，唯一的目的，只是使行走的速度更快。

牛車、步輦、舟船、驢馬、駱駝、大象，人類在數千年間發展出各種代替步行的交通工具。

「兩岸猿聲啼不住，輕舟已過萬重山」，這是船行江上的速度；「回首射鵰處，千里暮雲平」，這是快馬疾馳過草原的速度，唐詩裡常常表現出對速度的快樂與速度的渴望。

速度的渴望潛藏著人類想占有更大空間與更大時間的慾望。希臘神話的赫美士（Hermes）腳下涼鞋有翅膀，《封神榜》的哪吒踩著風火輪，他們都是人類潛意識裡的速度之神。

人類的速度感，在最近的兩百年間發生了巨大的變化。工業革命創造的機械動力，徹底改變人類交通的本質。十九世紀中期，歐洲出現最早的汽車火車。速度顛覆了舊有的時間與空間概念，速度甚至影響到新美學的產生，一八七四年誕生的印象畫派，視覺速度顯然變快，畫家不僅以火車為題材，更重要的是，他們乘坐火車出去寫生的經驗，使繪畫出現大量的光，出現快速度的筆觸。他們的視覺離開了畫室，離開了固定不動的物象，他們的視覺經驗快速度地變化，試圖抓住剎那間一閃即逝的的浮光掠影。

速度更快了，一條一條筆直的高速公路，複雜交錯的城市捷運系統，磁浮列車，更快速的航空網絡，有線與無線的通訊系統，更快速傳遞訊息的各種設備，手機、e-mail、即時通、同步視訊……人類在極短的時間不斷加快速度，彷彿在無速限筆直的快速路上，腳猛踩在油門上，不斷加速，忘了車上還有煞車。我們已經忘了，「緩慢」也是一種速度，「迂迴」「婉轉」也是一種抵達的方式。許多先進的工業國家，已經不只是在思考「快」的問題，也同時在思考「緩慢」的意義。從高速度的快感追求，慢下來，體會「緩和」的悠閒，速度有了「人文」的品質。

——二〇〇四年四月十九日

所謂「道」，無非是在盡人事之外，還要領悟有天意，輸贏之外，天寬地闊，也就可以哈哈一笑。

輸贏

人的一生有許多比賽，比賽總有輸贏勝負。單純看比賽本身，差距太大的比賽，都不好看。小時候看過一次美國國家籃球隊來台灣比賽，比賽一開始就叫「友誼賽」，可以想像，強勢弱勢，差距太大，只好強調「友誼」。一場比賽下來，美國球員又高又大，球好像黏在手上，一踮腳，球就灌進籃框。台灣球員像熱鍋上的螞蟻，在別人腳邊繞來繞去，就是碰不到球。強勢的一邊大概也覺得打得太沒意思了，完全不把對手看在眼裡，便做起逗笑的花式動作，故意把球遞給對方，又輕輕一旋，讓對方撲空，一跤栽倒，全場大笑。

這樣的比賽雖然好笑，其實沒有意思，輸的一邊難堪，贏的一邊也讓人覺得欺人太甚。有意義的比賽，旁觀者不只在看輸贏，也在學習輸贏裡透露的生命品質吧。

好看的比賽當然要棋逢對手，世界級的運動會，輸贏常常在分秒毫釐之間，比賽者都全力以赴。比賽結束，輸者服氣，並不喪志；贏者也謹慎謙遜，不敢有一點驕狂。好的比賽裡，輸贏雙方，都是風範，旁觀者有所學習，人性有所提升，比賽也才使人敬重。

強凌弱，眾暴寡，不是比賽，應該叫做「欺負」。欺負他人，以為是贏，只是人性墮落，遲早要遭報應。

東方古代有重視輸贏教育的傳統，小時後拿著木劍玩具槍，亂砍亂射，地方武術師父就要喝斥：「打鬥也沒規矩！」就教導幾個孩子站好，學習拱手揖讓，學習蹲馬步，學習推手，學習過招，使小小兒童在玩耍中，知道輸贏勝負都是品格。輸贏間有了規矩，輸贏被規範成崇高的儀式，輸贏勝負轉化提升成為美學。

無論博弈、下棋、擊鞠、拳術、劍道、相撲、競技，都是為了分出輸贏高下的競爭，在最激烈的廝殺時候，引導衝突對立的雙方，不只看到自己要贏，對方也要贏，不只自己在困境中求活路，他方也在求活路。兩種衝突的力量，出現互動的關係，你死我活的拚鬥間，也有消長。輸贏間有了必然的規則，有了可以通過的道路。

所謂「道」，無非是在盡人事之外，還要領悟有天意，輸贏之外，天寬地闊，也就可以哈哈一笑。

青少年時喜愛看日本武士片，高手劍道，進退攻守，美如舞蹈。武士持劍而立，凝神肅穆，好像擊技到了高明處，並無敵人，只是端正自己，進退攻守，也就有了分寸規矩。民間流行的武俠小說，即使粗淺，寫到高手過招，也都像奕棋鼓琴，或像品茗書法，動靜進止，瀟灑雍容，氣定神閒，自有一種美的品格，絕不是血淋淋的廝殺。

比賽到了今日，常常你吐我一口痰，我咬你一口，你偷襲我一腳，我抓你一把頭髮，一個呼天，一個嗆地，這樣的比賽，無論輸贏勝負，雙方都已失了風範。輸的死纏濫打，贏的輕浮囂張，對人性的學習，一無好處。一旁的群眾，如果不能省悟，還跟著鼓掌聒噪叫好，人性沉淪，莫甚於此。競賽失去了規矩，無論結局如何，並沒有贏家，從生命品質而言，只是全盤皆輸。

這幾年喜歡起了《易經》，不是把《易經》當書來讀，而是喜歡在輸贏的現象裡對讀《易經》卦象。易經似乎總是在暗示：輸中有贏，贏中有輸。吉凶禍福消長，除了當下立即的輸贏，還有更長更久、此刻不可知的因果，因此無論輸贏，都應當心懷慎重敬意。

我懷念起小時候廟口武術師父的教導，知道再激烈的廝殺比賽，不能失了「人」的分寸，失了人的分寸，也就沒有比賽可言，只是野獸互咬，與文明無關。

——二〇〇四年四月二十六日

我到了山下，抬頭一看，
大山高峭陡立，不知從何爬起。

華山

久仰西嶽華山盛名，四月初，終於有機會登上了華山。

秦漢以來，許多文學典故與華山有關。傳說秦穆公時代，青年蕭史，在山上吹簫，穆公的女兒弄玉，愛上蕭史，不顧一切反對，拋下榮華富貴，千辛萬苦，上山找尋蕭史，至今山上還有他們吹簫引來鳳凰的「引鳳台」。

北魏道士寇謙之在華山築觀修道，採藥養生，開創道家華山一派香火。

唐末大亂，名士陳摶隱居華山。趙匡胤開國，想請陳摶做官，陳摶避不見面，拒絕詔書。華山南峰上有一處斷崖，被命名為「避詔崖」。

民間很喜歡陳摶，把他當神仙，稱他為「老祖」。民間也相信趙匡胤最後親自上山，還是要請陳摶做官。陳摶要求跟趙匡胤下一盤棋，陳摶說：「你贏了，我下山做官。你輸了，把華山給我。」現在華山東峰，有一處「賭棋亭」，相傳是陳摶贏了華山的地方。民間傳說，不盡可靠，但是在「賭棋亭」看江山，視野真好。趙匡胤輸了棋，在山下做皇帝，華山上自有統治者管不到的人品心胸。

英雄人物來來往往，使一座大山也有了人文的歷史。華山的英雄，不在人間叱吒風雲，他們在山上吹簫、修道、下棋、採藥，他們心中有一盤棋，知道甚麼是真正的輸贏。

民間流行一種說法：「五嶽歸來不看山，黃山歸來不看嶽」。

五嶽中西嶽華山和東嶽泰山特別有名。東嶽泰山是帝王封禪的地方，帝王體力多半不行，要上山封禪，太難的山爬不上去。有人開玩笑，泰山不高，也不險，正好是適合帝王可以爬得上去的山。爬上去以後，一覽眾山小，旁邊也不乏阿諛的佞臣，馬屁烘托之下，感覺自己君臨天下，向上天報告偉大政績，得意洋洋，這叫做「封禪」。

泰山沾了帝王的光，到處都是帝王題聯賜匾，碑銘勒石，連山上五棵松樹也被封為「五大夫」；好像山川承受寵幸，其實，換一個角度來看，統治者自大，只是使山川蒙羞吧。每次登山，看到琳瑯滿目的銘刻，多是歌功頌德，馬屁文章，我暗自想，如果我是山，一定要做統治者爬不上來的山。

華山不高，只有海拔兩千一百多公尺，但是險峻。古來帝王到此，大多駐蹕在山腳下的西嶽廟，焚香祝禱四海昇平，寫寫詩，賜賜匾，就走了，不必真的登山，華山因此逃過一劫，留下一些乾乾淨淨的故事，留下一些乾乾淨淨的人物。

華山的地質，資料說是一億兩千一百萬年前形成。地殼異動，秦嶺山系被擠壓上升，渭河下陷，岩漿沿斷裂隙縫蔓延，形成東西長十五公里、南北寬十公里的花崗岩結構。七千萬年前，表層覆土剝蝕，巨石外露，遠遠望去，純白的山體，峰岩峭壁，斧劈刀削，崢嶸嵯峨，我心裡一驚，暗暗讚嘆：「好一座大山！」以前許多人告訴我，自古以來，攀登華山都在入夜以後。我問為甚麼？答案不一，有人說登上山頂剛好觀日出，有人說，山路太險，攀鐵鍊而上，八十度的仰角，千仞斷崖，夜晚看不見，可以專心一意往上，沒有恐懼，也沒有旁騖。

我到了山下，抬頭一看，大山高峭陡立，不知從何爬起，忽然想起弄玉，不知道她到了山下，是不是也像我一樣，倒抽一口冷氣，想要回頭？華山上一處險峰就叫「回心崖」，當時並沒有一人贊成弄玉上山完成自己的愛情。我也想到陳摶，不知道他幹嘛一定要堅持住在山上？

我咬咬牙，告訴自己：「走吧！」的時候，好像是因為相信，簫聲還在大山上迴旋；好像是相信，山的高處，有一盤沒有下完的棋，想走去看一看輸贏。

——二〇〇四年五月三日

卷五

夏天

孤獨者總是在尋找一座還沒有人去過的山，在沒有路的地方，走出自己生命的途徑。

退之

兩年前上過黃山，民間說「黃山歸來不看嶽」，誇讚黃山之美，認為去過黃山，五嶽都可以不看了。我並不贊成這樣的說法。每一座山，都有不可取代的特色，把山水也拿來排第一名、第二名，其實是人的偏狹。但是民間的俗語影響很大，我去黃山的時候，山上人山人海，同行的朋友說：到了假日，旅遊旺季，人多得看不到風景。

黃山原來是難爬的山，空寂荒涼，少有人的足跡。明末清初，一些文人懷亡國之痛，拒絕與新政權合作，紛紛上了黃山。他們在山上看雲飛泉流，領悟一座大山的沉默孤獨，出現一批卓越的畫家：石濤、梅清、漸江、戴鷹阿、蕭雲從……。他們好像在畫黃山，其實也在畫自己；畫山的陡峭高聳，也畫自己的稜稜傲骨，畫山的峰迴路轉，也畫自己生命的絕望與希望。「黃山畫派」人才輩出，成為近三百年來的山水主流，也為世人指引了親近黃山的路。只是等遊客大批蜂擁上山，孤獨的指引者已不在山上，早隨雲煙飛去了四方。

孤獨者總是在尋找一座還沒有人去過的山，在沒有路的地方，走出自己生命的途徑。人群嗡集吵雜的地方，通常是沒有風景的。

黃山秀麗，峰石的形狀千奇百怪。因為沒有甚麼覆土，純石體的巨岩，只有隙縫間長出松樹，枝幹頑強虬結，加上黃山雲海，煙嵐變幻，山峰常在虛無縹緲間，好像驚鴻一瞥，充滿神祕的幻想性。

華山渾然大氣，比奇巧秀麗，比神祕縹緲，比不上黃山，但自有一種壯大飽滿使人仰望讚嘆。明代初年畫家王履有一套〈華山圖〉冊頁，有寫生的概念。但是到了華山，使我想起的畫家還是范寬，是他藏在台北故宮的不朽名作〈谿山行旅〉。〈谿山行旅〉一座大山，堂堂正正，立在中央，占去畫面三分之二空間，頂天立地，一線飛瀑，直瀉而下，沒有一點妥協。民間常說「華山自古一條路」，峰不回，路也不轉，一塊巨岩，完完整整，三四百公尺高，窄狹石梁背脊上鑿一條筆直梯道，不到三十公分寬，兩旁懸崖斷壁，萬丈深淵，仰角八、九十度，直線而上，一口氣登五、六百級台階，不能旁騖，必須專心一意往上，像走在一條飛龍背上，此處也就命名為「蒼龍嶺」。

唐代大文豪韓愈爬華山，在蒼龍嶺大哭，上不去，也下不來，寫了遺書，從懸崖投下，縣官得知，派人把他救了下來。從小讀韓文，覺得他氣壯山河，蘇軾稱讚他為「文起八代之衰」，一掃六朝文的靡麗，直追秦漢古風；為了諫佛骨入宮，他也敢冒死罪批判統治者，沒有想到他會在華山的險途上膽怯。看到石壁上刻著大字「韓退之投書處」，氣喘吁吁的登山者，到了這裡，都停下來，哈哈大笑。韓愈字退之，在這裡看到「退之」兩個字，特別親切，也覺得從小心目中覺得偉大崇高的韓愈，有了更平易近人的一面。

「韓退之投書處」使華山艱難危險的路途上，多了一處可以輕鬆一笑的地方。後來有個百歲老人走到這裡，哈哈大笑之後，在旁邊刻了另外一行字：「李文備百歲笑韓處」。這個李老先生顯然很得意，一百歲都爬上來了，真要好好笑一笑韓愈。

能夠讓別人笑一笑，能夠讓別人得意，有信心，能夠在一千年的山路上使後來者領悟進退輸贏，韓愈一向嚴肅耿直的臉上，彷彿有了一點偷笑的幽默。

我同行的朋友都比我年輕，體力也好，他們攻完北峰攻西峰，攻完西峰轉身就攻南峰，我想到韓退之，領悟人有時可以知難而退，放自己一馬，選了一樹盛放的桃花，坐下來，向朋友宣布：「走不動了，我要在這裡『投書』！」

——二〇〇四年五月十日

太史祠在韓城郊外，芝川環繞，背依梁山，一層層台階上去，可以遠眺黃河最寬闊的渡口。

史記

從華山下來，經合陽，直接去了韓城。韓城有「太史祠」，是司馬遷的墓塚。但是這個墓是西晉修的，距離司馬遷去世，已經有四百年，未必可靠。民間讀《史記》，景仰司馬遷，在他居住的故地，修墳立祠，使香火不斷。這個墳塚，或許不是真的，卻是一種紀念。是人們心中的墳塚，祭奠一個有骨骼的文人，紀念他的受辱，紀念他在受辱中堅持活著，紀念他活著寫完《史記》，做了歷史的見證。

到韓城的路不好走，一路顛簸異常，塵土飛揚。到了韓城已經入夜，喝了當地土產稠酒，酒酣耳熱，聽村落父老閒話野史，司馬遷的故事，好像昨天才發生。秦腔裡的李陵，哭聲特別高亢，使我想起年少時讀過的〈報任少卿書〉。想起夾在民族衝突中的士卒，深入胡地，彈盡援絕，白手血刃。他們死在邊塞荒漠，屍骨無人掩埋。他們戰敗了，沒有死去的，成為俘虜，屈辱活著。這樣的活著使統治者覺得羞恥，武帝下令族滅他們的家人，他們的父母妻子兒女，通通拉上了刑場。哭聲震天的慘劇裡，司馬遷上書進諫，為這些士卒說話。震怒的統治者，只關心自己的權力，不在意任何他人生死，痛恨司馬遷觸犯天威，下令處死。

民間都相信，司馬遷從死刑改宮刑，是為了要完成《史記》，《史記》是他屈辱活下來的唯一理由。

在韓城夜讀《史記》，覺得初春的寒涼裡都是司馬遷的魂魄。少了《史記》，這個歷史會少掉多少故事？會少掉多少可歌可泣的人物？荊軻、屈原、項羽、卓文君、豫讓、聶政。那個在韓信落魄時給他一碗飯吃的「漂母」，常常使我走到河邊，不敢小看一名無名無姓在河邊漂洗衣服的女人。那個和屈原對話的「漁父」，也使我每在江邊徘徊，相信捕魚人中有大智若愚的隱者。《史記》書寫了主流價值之外的另一種信仰。

《史記》裡寫得最動人的生命幾乎都是現實裡的失敗者。四面楚歌聲裡悲歌慷慨的項羽，和常相伴隨出生入死的烏騅馬告別，和一生相愛的女子虞姬告別，他在生命的盡頭忽然顯現出悲欣交集的蒼涼和溫柔，在殘酷的現實裡留下一點美麗心事。

楚漢相爭，劉邦是勝利者，《史記》寫劉邦，提供了對勝利者另一個角度的觀察。「楚騎追漢王，漢王急，推墮孝惠、魯元。」孝惠帝是劉邦長子，魯元公主是他的長女。成功的統治者在危急時，為了自保，可以把自己親生子女推下車去。一名侍從滕公看不過去，下車救起兩個孩子。但是劉邦急於脫困，再次把兒子女兒推下去。《史記》說：「如是者三。」《史記》冷冷地書寫著統治者泯滅人性、令人毛骨悚然的一面。原來取得權力，是可以如此不擇手段的。

楚漢相爭結束了，項羽失敗，劉邦成功。但是歷史的論述並沒有結束，司馬遷筆下有另一種輸贏。

《史記》塑造了許多令人懷念景仰愛戀的悲劇英雄。在此後兩千年的歷史中，項羽變成民間的故事，在田野父老口中流傳，成為詩句，成為文學，成為戲劇，成為電影，「霸王別姬」書寫了落難英雄和心愛女子的訣別，情深義重。對比劉邦為求自己生存，推墮親生子女，項羽顯然輸了權力，贏了人性。有人性才能在人民口中流傳，《史記》使楚漢相爭有了另一種結局。

太史祠在韓城郊外，芝川環繞，背依梁山，一層層台階上去，可以遠眺黃河最寬闊的渡口。祠中有宋代塑像一尊，面容清，眼望北方。當地人解釋：司馬遷在懷念北國的李陵。

我繞到祠堂後方，孤墳一座，清代畢沅題的碑。很高興這裡沒有一個皇帝賜匾，兩千年來，司馬遷堅持和統治者分庭抗禮。

——二〇〇四年五月十七日

雪——紀念母親

沒有甚麼能吵醒她，沒有甚麼能驚擾她，她好像一心專注在聽自己故鄉落雪的聲音。

雪落下來了，紛紛亂亂，錯錯落落。好像暮春時分漫天飛舞的花瓣，非常輕，一點點風，就隨著飛揚迴旋，在空中聚散離合。

每年冬天都來V城看母親，卻從沒遇到這麼大的雪。

在南方亞熱帶的島嶼長大，生活裡完全沒有經驗過雪。小時侯喜歡收集西洋聖誕節的卡片，上面常有白皚皚的雪景。一群鹿拉著雪橇，在雪地上奔跑。精製一點的，甚至在卡片上灑了一層玻璃細粉，晶瑩閃爍，更增加了我對美麗雪景的幻想。

母親是道地的北方人，在寒冷的北方住了半輩子。和她提起雪景，她卻沒有很好的評價。她拉起褲管，指著小腿近足踝處一個小銅錢般的疤，她說：這就是小時候留下的凍瘡。「雪裡走路，可不好受。」她說。

中學時為了看雪，參加了合歡山的滑雪冬訓活動。在山上住了一個星期，各種滑雪技巧都學了，可是等不到雪。別說是雪，連霜都沒有，每天豔陽高照。我們就穿著雪鞋，在綠油油的草地上滑來滑去，假裝各種滑雪的姿勢。

大學時，有一年冬天，北方冷氣團來了，氣溫陡降。新聞報導台北近郊的竹子湖山上飄雪。那天教「秦漢史」的傅老師，也是北方人，談起雪，勾起了他的鄉愁吧，便慫恿大夥上山賞雪。學生當然雀躍響應，停了一課，步行上山去尋雪。

還沒到竹子湖，半山腰上，四面八方都是人，山路早已壅塞不通。一堆堆的遊客，戴著氈帽，圍了圍巾，穿起羽絨衣，臃臃腫腫，彼此笑鬧推擠，比台北市中心還熱鬧吵雜，好像過年一樣。

天上灰雲密布，是有點要降雪的樣子。再往山上走，山風很大，呼嘯著，但仍看不見雪。偶然飄下來一點像精製鹽的細粉，大家就伸手去承接，驚叫歡呼：雪！雪！趕緊把手伸給別人看，但是湊到眼前，甚麼都沒有了。

沒有想到真正的雪是這樣下的。一連下了幾個小時不停。像撕碎的鵝毛，像扯散的棉絮，像久遠夢裡的一次落花，無邊無際，無休無止，這樣富麗繁華，又這樣樸素沉靜。

母親因罹患糖尿病，一星期洗三次腎。我去V城看她的次數也越來越多。洗腎回來，睡了一覺，不知被甚麼驚醒，母親怔忡地問我：下雪了嗎？

我說：是。

扶她從床上坐起，我問她：要看嗎？

她點點頭。

母親的頭髮全灰白了，剪得很短，乾乾地飛在頭上，像一蓬沾了雪的枯草。

我扶她坐上輪椅，替她圍了條毯子。把輪椅推到客廳的窗前，拉開窗簾，外面的雪下得更大了。一剎時，樹枝上，草地上，屋頂上，都積了厚厚的雪。只有馬路上的雪，被車子輾過，印下黑黑的車轍，其他的地方都成白色。很純粹潔淨的白，雪使一切複雜的物象統一在單純的白色裡。

地上的雪積厚了，行人走過都特別小心。一個人獨自一路走去，路上就留著長長的一行腳印，漸行漸遠。

雪繼續下，腳印慢慢被新雪覆蓋，甚麼也看不出了。只有我一直凝視，知道曾經有人走過。

「好看嗎？」

我靠在輪椅旁，指給母親看繁花一樣的雪漫天飛揚。

母親沒有回答。她睡著了。她的頭低垂到胸前，裹在厚厚的紅色毛毯裡，看起來像沉緬在童年的夢裡。

沒有甚麼能吵醒她，沒有甚麼能驚擾她，她好像一心專注在聽自己故鄉落雪的聲音。

有一群海鷗和烏鴉聒噪著，為了爭食被車碾過的雪地上的鼠屍，撲嗤著翅膀，一面銳聲厲叫，一面乘隙叼食地上的屍肉。雪，沉靜在地面上的雪，被牠們的撲翅驚動，飛揚起來。雪這麼輕，一點點風，一點點不安騷動，就紛亂了起來。

「啊……」

母親在睡夢中長長唉嘆了一聲。她的額頭，眉眼四周，嘴角，兩頰，下巴，頸項各處，都是皺紋，像雪地上的轍痕，一道一道，一條一條，許多被驚擾的痕跡。

大雪持續了一整天。地上的雪堆得有半尺高了。小樹叢的頂端也頂著一堆雪，像蘑菇的帽子。

被車輪壓過的雪，結了冰，路上很滑，開車的人很小心，車子無聲滑過。白色的雪滲雜著黑色的泥，也不再純白潔淨了。看起來有一點邋遢。路上的行人，怕滑了跤，走路也特別謹慎，每一步都踏得穩重。

入夜以後，雪還在落，扶母親上床睡了。臨睡前她叮嚀我：床頭留一盞燈，不要關。我獨自靠在窗邊看雪。客廳的燈都熄了。只有母親臥房床頭一盞幽微遙遠的光，反映在玻璃上。室外因此顯得很亮，白花花澄淨的雪，好像明亮的月光。

沒有想到下雪的夜晚戶外是這麼明亮的。看起來像宋人畫的雪景。宋人畫雪不常用鋅白、鉛粉這些顏料，只是把背景用墨襯黑，一層層渲染，留出山頭的白，樹梢的白，甚至花蕾上的白。

白，到了是空白。白，就彷彿不再是色彩，不再是實體的存在。白，變成一種心境，一種看盡繁華之後生命終極的領悟吧。

唐人張若虛，看江水，看月光，看空中飛霜飄落，看沙渚上的鷗鳥，看到最後，都只是白，都只是空白。他說：空裡流霜不覺飛，汀上白沙看不見。

白，是看不見的，只能是一種領悟。

遠處街角有一盞路燈，照著雪花飛揚。像舞台上特別打的燈光，雪在光裡迷離紛飛，像清明時節山間祭拜親人燒剩的紙灰。紛紛揚揚。又像千萬隻剛剛孵化的白蝴蝶。漫天飛舞。

遠遠聽到母親熟睡時緩慢悠長的鼻息，像一片一片雪花，輕輕沉落到地上。

編者後記

如是因緣

許悔之

二〇〇三年五月二十六日至二〇〇四年五月十七日，蔣勳老師為〈中國時報．人間副刊〉撰寫專欄，每週一篇，為時一年，這些文章依著節氣前行，有如美與生活的「週記」；二〇〇五年八月結集由圓神出版，名為《只為一次無憾的春天》。

二〇一〇年十二月十八日，蔣老師急性心肌梗塞，被送入台大醫院急診室，做了心導管手術，然後在二〇一一年進行了長達半年的復健。

二〇一一年開始，郭思敏、謝恩仁和我等人，陸陸續續會到蔣老師林森南路的寓所去探訪他，恩仁因為擅氣功，是以數次為蔣老師調氣，我們開始有了編輯一本書的願想，一本談肉身和生死的書。

也就那時候，蔣老師錄了一張《蔣勳說佛經故事》的CD，由趨勢教育基金會發行，免費贈送與人結緣，那彷彿也是蔣老師死裡逃生之後，用另一種眼神看人間的心情吧。

建築師郭旭原、黃惠美夫婦那時也處在一種煎熬的心情中。旭原的父親郭清煙先生因為急症，住進台大醫院，他們在陪伴父親之時，有著許許多多的難熬和不忍；有一天，惠美開車，車上聽《蔣勳說佛經故事》這張CD，聽著蔣老師談尸毗王割肉餵鷹、薩埵那太子捨身飼虎，惠美把車停在徐州路旁，放聲痛哭。

因為愛，我們才有痛；用蔣老師的話：苦難是化了妝的祝福。我們正在上一堂生與死的課程。

如是因緣，我們一群人，包括旭原、惠美、思敏、恩仁等，常常和蔣老師聚會，談論《此生——肉身覺醒》的整編和設計，說是討論，毋寧是蔣老師對我們的慷慨布施，我們聽他說一則又一則的敦煌故事、一則又一則深刻的心情和知見，彷彿，蔣老師為我們開了一個生命私塾！我們也懷著私淑的心境，凜然而又溫柔地編就了《此生——肉身覺醒》這本書。

二〇一二年，《只為一次無憾的春天》與原出版社合約到期，蔣老師把這本書交給有鹿文化重編新版，蔣老師並決定改書名為《此時眾生》。五月，林文月老師為《此時眾生》寫的序文，從美國寄來，我們開始正式進行重編。《此時眾生》由惠美、旭原、思敏指導設計，我們的心情，彷若回到編輯《此生——肉身覺醒》的那次因緣，因緣具足，但又不可思議。

我們並且決定，以蔣老師急性心肌梗塞後的第一次公開演講〈美的覺醒——開啟沉睡的眼耳鼻舌身〉加以剪輯，製作成〈美與肉身的功課〉，以數位有聲方式，與大家結一因緣——我們如何透過「眼耳鼻舌身」觸碰到「意」，而內觀己「心」的歷程，透過蔣老師的聲音，這個知覺歷程的分享與陪伴，有了深鐫心版的力量。

「此時」，既是蔣老師文章中書寫的那個時刻，也是讀者閱讀交感的這個時刻；蔣老師眼前心中的草木節氣、山川大地和有情眾生，何嘗不是我們心中有情而能映現返照的「眾生」？此時，因之變得普遍平等久遠；肉身緣分，因為有情，可以祝福並且福報眾生！

我以為，這是蔣老師更替書名為《此時眾生》的心情吧。

讀著林文月老師的序，看著蔣老師《此時眾生》的一篇篇文章，我們重現了當年節氣之秩序，我從每一篇文章中，選出蔣老師的一小段文句，彷若我們於人間做為有情眾生如是因緣的印記。

那麼，此時，做為有情眾生之一的我們，也和蔣老師一起經歷了人間的變與不變。變的是時空節氣，不變者唯真心至情而已。

寫這篇「編者後記」，刪掉了許多文句，竟於凌晨之時，悲欣交集，想到蔣老師住院期間，我多次為他抄普門品以為康健之祝願，我是如此對觀世音菩薩說：「菩薩，蔣老師布施了美和真心，請您讓他得康健，能在人間布施更多更久遠！」

那麼，此時，我願祝福每一位朋友，心開意解，心中映現人間值得凝視的百般美好，以及痛苦之必可度過，憑藉著美和真心，度一切苦厄，像蔣老師的詩句：

我願是滿山的杜鵑
只為一次無憾的春天

二〇一二年五月二十八日凌晨

美與肉身的功課

https://bit.ly/3ZIQAfw

1 經過加護病房前後的我

2 官能所能經歷的「美」和「品」

3 甜、酸、鹹的功課：人生的況味

4 辣的功課：以《紅樓夢》為例

5 苦的功課：荒涼身體的肉身緣分

6 從「美的覺醒」到「肉身功課」

演講內容為2011年9月17日 蔣勳參加真如苑社會教育講座

（原講題為：美的覺醒——開啟沉睡的眼耳鼻舌身）

統籌｜李函娟　　配樂｜佟建隆

看世界的方法 220

此時眾生

作者	蔣　勳
校對	謝恩仁
整體美術設計	吳佳璘、洪于凱
董事長	林明燕
副董事長	林良珀
藝術總監	黃寶萍
社長	許悔之
總編輯	林煜幃
副總編輯	施彥如
美術主編	吳佳璘
主編	魏于婷
行政助理	陳芃妤
策略顧問	黃惠美．郭旭原．郭思敏．郭孟君
顧問	施昇輝．張佳雯．謝恩仁．林志隆
法律顧問	國際通商法律事務所／邵瓊慧律師
出版	有鹿文化事業有限公司
地址	台北市大安區信義路三段106號10樓之4
電話	02-2700-8388
傳真	02-2700-8178
網址	www.uniqueroute.com
電子信箱	service@uniqueroute.com
印刷製版	鴻霖印刷傳媒股份有限公司
總經銷	紅螞蟻圖書有限公司
地址	台北市內湖區舊宗路二段121巷19號
電話	02-2795-3656
傳真	02-2795-4100
網址	www.e-redant.com

國家圖書館出版品預行編目(CIP)資料

此時眾生 / 蔣勳著. — 二版. — 臺北市：
有鹿文化事業有限公司, 2023.02
面；公分. — (看世界的方法；220)
ISBN 978-626-7262-05-4(平裝)

863.55　　112000341

ISBN：978-626-7262-05-4
初版：2012年8月
二版一刷：2023年2月

定 價：350元